「我很生氣。」
「我會反省。」

Farming life in another world. Volume 12

「畢竟不知道
你是
什麼人嘛。」
托席菈
（混代龍族）
Toshira / Elder Dragon

「這次的原因在此。」
普拉妲
（古惡魔族）
Pra-da / Great Devil
Farming life in another world. Volume 12

Farming life in another world. Volume 12

「你們想
得標
嗎——！」

異世界悠閒農家

内藤騎之介
插畫やすも

Farming life in another world.

Kadokawa Fantastic Novels

異世界悠閒農家

Farming life in another world.

Prologue

Presented by
Kinosuke Naito
Illustration by
Yasumo

〔序章〕

托席菈

我的名字叫托席菈。混代龍族（Elder Dragon）最強者梅托菈姊的眾多妹妹之一。

當然也是混代龍族。

不久之前，梅托菈姊還自稱丹妲基。理由在於用梅托菈這個名字鬧事會被媽媽罵。雖然我覺得不需要因為這樣就換名字……唉，對姊姊講什麼都沒用。

所以我乖乖閉嘴。

我和姊姊，是在神代龍族（Ancient Dragon）領袖龍王（Emperor Dragon）德斯大人的夫人——萊美蓮大人那裡工作。

對於混代龍族來說，這件事非常光榮。

有不少朋友為了和我換工作而找上門決鬥，但是都被我擊退了。儘管贏不了梅托菈姊，我也算有點本事。

不過嘛，萊美蓮大人那裡需要的不是戰鬥力，而是內政能力。然而，怪了？沒人要用內政能力和我一決勝負呢，為什麼？

算了，細節不重要。今天也要努力工作！

某天，梅托菈姊封印了丹妲基這個名字。因為被媽媽知道了。

如果雙方互毆應該是姊姊會贏，但就算是姊姊，好歹也知道不該對媽媽動手。她乖乖挨罵，承諾不再戰鬥。

雖然不認為姊姊會遵守這種承諾，她至少會老實個五十年吧。儘管很遺憾看不見姊姊戰鬥的英姿，不打也沒什麼關係嘛，和平很好。一起努力工作吧。

就在我這麼想時，梅托菈姊卻接到媽媽的命令要離開萊美蓮大人這裡。

咦～為什麼為什麼？和我一起工作嘛～！

什麼混代龍族的共識，我可沒辦法接受～！萊美蓮大人少了姊姊也會很困擾吧？咦？萊美蓮大人已經同意了？唔唔唔……

那、那姊姊呢？這種要求，拒絕就……妳為什麼在收拾行李啊！根本迫不及待吧！我這個妹妹已經不重要了嗎！

餐點好吃有某種程度的保證？咦？這話是什麼意思？難道妳要去「大樹村」嗎……不是？不過，是和「大樹村」有關的地方？好、好羨慕……

哼，梅托菈姊再也不是我姊姊了。

我要全心投入工作。

……咦？姊姊送來的慰勞品？想用禮物討好我啊？可沒那麼容易哄喔。

嗚，「大樹村」產的水果，好甜好好吃。還有酒。

唉，一直鬧脾氣也不是辦法呢。寫封信向姊姊道謝吧。告訴她多送一點過來。

只有催促會惹姊姊生氣，順便也聊點近況。

呃～最近萊美蓮大人的心情非常好。一個人的時候會小跳步，我想應該發生了什麼好事。

然後呢，萊美蓮大人不在時，這邊會交給我負責。欸嘿嘿，這是努力的成果。萊美蓮大人常常不在證明她信賴我，讓我更有幹勁了。

大概就這樣吧？

信要送到……咦？魔王國的王都？姊姊的工作地點真奇怪呢。

算了，不管是怎樣的地方，姊姊都不會有問題吧……希望不會聽到有龍在魔王國王都鬧事的消息。

那麼那麼那麼！

今天也打起精神努力工作吧！

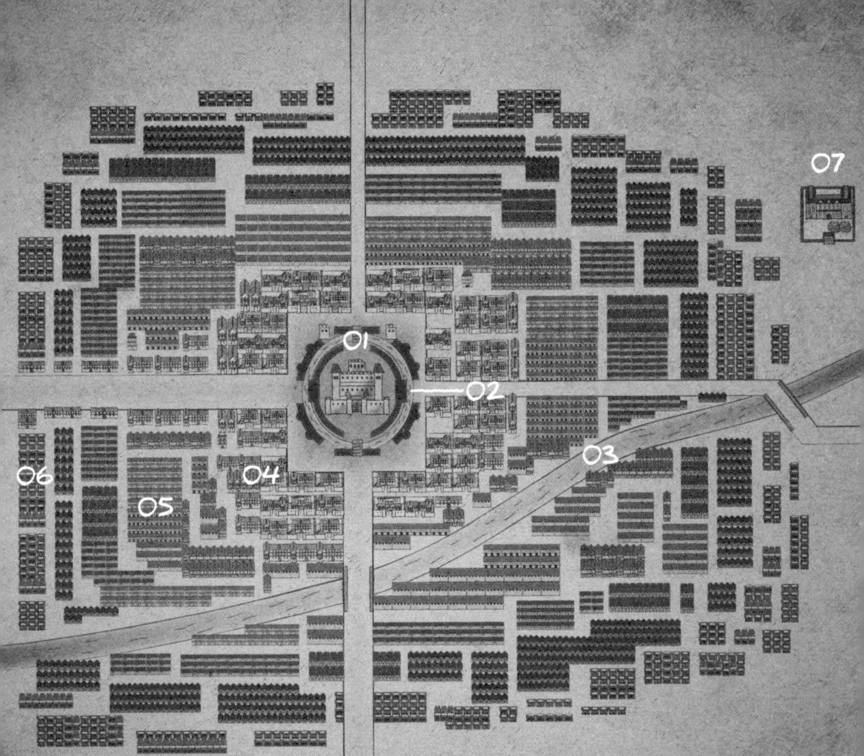

Farming life in another world.

Chapter,1

Presented by
Kinosuke Naito
Illustration by
Yasumo

〔第一章〕

蒂潔爾的學園生活

01.王城　02.護城河　03.河川　04.貴族宅邸　05.居民房舍　06.商店　07.貴族學園

1 野外教學與宴會與商量

午後。

村子南側靠近森林處有個集團。哈克蓮、古隆蒂、村裡的孩子們、小黑的子孫約二十隻，與座布團的孩子約五十隻。似乎是野外教學。

這個我明白，但為什麼要把投石機拖出來？充滿科學要素？像是槓桿原理、滑輪原理之類的，原來如此……

不過，有實際把石頭拋出去的必要嗎？為了計算彈道？還有，要引起孩子們的興趣？嗯——雖然覺得計算彈道對孩子們來說還早了點……要好好注意安全。

再來是優兒。

妳為什麼會在這裡？溫泉地傳送門的管理工作呢？

「管理兵器是我的工作。」

……居然講得這麼篤定還露出誠摯的眼神。算了，管理傳送門也不是什麼忙碌的工作，稍微離開一下應該無妨吧。反正前任負責人阿薩在管理傳送門時好像也做了不少其他事。

所以妳在這裡……喔，組裝投石機啊。還負責發射？我懂我懂，不會沒收啦，安全第一。最後是山精靈們。

就是抱著各種砲彈的妳們。那是要讓投石機發射的對吧？孩子們上課優先喔。還有，沒有會散布毒藥或氣體那類的吧？那種都禁止喔……要我放心？這部分經過露和蒂雅的嚴格教育？這樣啊，下次找個時間向露和蒂雅道謝吧。

投石機的彈著點發生了非常誇張的大爆炸，威力比小黑牠們的角還強。

我要求山精靈們解釋。

「是的。剛剛的砲彈，是露大人想出來的連鎖式爆炎彈。藉由將灌注爆炎魔法的石頭配置在適當位置，讓效果有了相乘性的提昇。」

拜託別露出等我誇獎的表情。另外，孩子們，別嚷嚷著要下一發，這樣讓我很難罵人。

雖然哈克蓮和古隆蒂似乎有用魔法防禦，但是對心臟不好。

連鎖式爆炎彈還有嗎？還有三發。將這些東西嚴加看管……與其這麼做，倒不如用完比較安全吧。全都可以發射。不過，以後禁止生產。

「我明白了。然後那個……」

「怎樣？」

「另外還有連鎖式爆炎彈Ⅱ型與連鎖式冰結彈……」

把它們全部用光。

……啊，慢著。II型的威力大概提昇多少？增加兩成。哈克蓮和古隆蒂的魔法防禦……沒問題。連鎖式冰結彈也沒問題是吧。那麼，把它們全部用光。

以後全部禁止生產，包含類似的品項在內。我會告訴露，但是山精靈妳們也要和露說一聲。

真是的，那種威力的炸彈要用在什麼地方啊？

剛才的爆炸使得大批村民聚集過來。矮人們扛著酒桶，看樣子要開宴會了。

妖精女王也在。我知道，甜點對吧。

半人馬族好像把露營馬車拖過來了，就在那邊做吧。孩子們優先喔。

在我做好之前先啃甘蔗吧。

投石機拋出去的砲彈發出誇張的爆炸聲，現場歡聲雷動，我在旁邊做咖哩。

怪了？自己明明是在做甜點啊？

不，我確實有做甜點。今天是甜甜圈。由於不只孩子們吃得開心，大人們的評價也很好，所以應該做了很多。妖精女王吃了差不多有二十個。

然後……啊，對喔。鬼人族女僕們過來接手做甜甜圈，於是我幫她們準備咖哩的料。

照理說只是備料，回過神時卻變成煮咖哩……大概是鬼人族女僕們為我著想，把輕鬆的工作交給我了吧。

啊，這是我的份？不好意思，那就稍微休息一下，我不客氣了。

嗯，好吃。在戶外吃的咖哩，為什麼會這麼好吃呢？

「這裡總是不知不覺就開起宴會了呢。」

在我吃咖哩時，陽子來了。好像離她回村還有一段時間……這麼說來，她先前說過「五號村」有些事要和我商量。

「抱歉，我忘了。」

「哎呀，無妨。這讓我有了回來的藉口。那邊的矮人，也給我來點酒。」

陽子拿著酒、甜甜圈和咖哩，在我旁邊占了個位置。

「關於剛剛拋出去的是連鎖式爆炎彈嗎？威力比聽說的還要強呢。」

「那是II型。妳知道啊？」

「爆炎魔法的配置，我也提供了些點子。」

「這樣啊。所以『五號村』有什麼要商量的？」

「嗯。首先是關於『五號村』設立學校的部分。村長想要的『只要有意願誰都能入學的學園』，校舍已經蓋好，但是教師不夠。雖然有透過妮姿和戈蘭德的人脈去找……還需要些時間才能開始營運。」

妮姿是蛇神的使者兼「酒肉妮姿」的代理店長。戈蘭德是「五號村」的商人。兩人都提供陽子不少協助，真的是幫了大忙。改天送點謝禮吧。

「既然師資不夠就沒辦法了。」

「居民們非常希望能夠開園，我想儘快解決。」

「話是這麼說沒錯……但是別勉強喔。」

「我知道。還有關於『麵屋布里多爾』……」

「有什麼問題？」

「拉麵大受歡迎，一堆人來拜師。我接到代理店長和妮姿的聯絡，他們說因此需要擴張店鋪。」

「一堆人來拜師？關於拉麵的食譜這部分，我記得講過可以公開無妨啊。」

「好像是因為沒什麼人能重現那份公開的食譜。」

「有那麼難嗎？」

「問題在材料吧。用其他東西代替所做出來的拉麵……似乎吸引不到客人。」

唉，畢竟眼前就有不靠替代品的拉麵，自然會這樣吧。

「就是因為這樣才想拜師。」

拜師後如果得到認可，就有機會受命掌管分店。

到時候，材料就會從總店運過去吧……

「原來如此，擴張店鋪無妨。預算呢？」

「村長交給我的錢就夠了。商人們已經在為分店選址囉。」

「開在『麵屋布里多爾』旁邊就好了吧。」
「嗯？這樣沒辦法做生意吧？」
「不，換口味就行了。」
「除了醬油和鹽以外還有嗎？」
「還有很多喔。如果拉麵店集中在一起，就能建立一條拉麵街。」
「拉麵街……這樣啊。想吃拉麵的人都會聚集到那個地方是吧。」
「也不見得所有人都能跑這麼遠，適度地分散也可以就是了。」
「在『麵屋布里多爾』外排隊的人潮，也造成了不少問題。考慮到分店也會有人排隊，還是集中會比較好。」
「原來如此。嗯，總之趕緊擴張店鋪，以容納目前的顧客為優先。」
「明白，我會這麼告訴代理店長和妮姿。再來是關於地下商店街的開發。」
我們繼續討論「五號村」的事務。陽子的酒也喝到第三杯。畢竟杯子一空，矮人們就會過來倒酒。
「哎呀，陽子。」
我指向陽子背後，她女兒一重正以狐狸形態待在那裡。
「真沒辦法。」
陽子將一重抱到腿上，把剩下的甜甜圈拿給她。看來工作模式結束了。
「今天就到此為止吧。」

我話才剛說完，就傳來一發更大的爆炸聲。

心想「怎麼回事？」並看向投石機，卻發現露就在那裡。她好像因為發揮了期待的威力而開心。周圍也歡聲雷動。真是的。

露旁邊那個山精靈抱著的砲彈，多半就是剛剛那場大爆炸的原因吧。

那是Ⅲ型嗎？無論如何，留下來保管也怕出事，把它們全部用掉。還有，今後不准生產喔。

我這麼告訴露。

「那是採礦爆破用的耶。」

……唔，她有正當理由。

「要不然，我就不會幫忙啦。」

這是陽子的意見。

接受。想想該怎麼妥善保管吧。

2 野外教學其2與托吾

我正在用「萬能農具」挖新的大型蓄水池。

地點在村子西側。

沿著聯繫河川與村子的水道移動約兩公里處，水道南側有養蝦池，所以在北側挖。目前供水充裕，這是用來以防萬一的缺水對策。雖然河川水量沒變過，應該不至於出問題，但多做些準備不是什麼壞事。

這個新蓄水池的大小是兩百公尺×兩百公尺。至於深度，最深的地方約二十公尺。目前是獨立的水池，不過將來預定會連到最早挖的蓄水池。

原本想擴張一開始的蓄水池，然而周圍建築物增加太多，沒辦法擴張。

而且，池龜已經在一開始的蓄水池裡定居，為了擴張工程而打擾牠們也不太好意思。

新蓄水池和水道花了約十天左右完工，不過露似乎想做實驗，所以還沒注水。

我原本猜是連鎖式爆炎彈，結果是連鎖式冰結彈。

先前在宴會上展示的時候，連鎖式冰結彈只把彈著點凍住，沒造成什麼巨響之類的，因此不太受觀眾歡迎，她是介意這點吧？

「話說回來，這種連鎖式冰結彈也是用來挖礦的嗎？」

「嗯。採礦時挖到水脈把現場淹沒好像很常見喔。」

確實，這種事我有所耳聞。據說有些地方因為水量太大排不掉，導致無法再採礦。

「這時候，就要用這種連鎖式冰結彈！把流進礦坑的水凍住！」

「凍住之後要怎麼辦？」

「只要把湧水點外的冰塊敲碎搬走，就可以繼續採礦吧？這麼一來那些廢棄的地方就復活了。」

「用冰塊把水脈堵住啊。原來如此，這招厲害。」

「對吧。」

可是……

「那些把水堵住的冰塊，不是遲早會融化嗎？」

這麼一來，好像又要淹水了……

「哼哼哼，你以為我沒考慮到這點嗎？」

「看來是有考慮到。」

「當然囉。用這種連鎖式冰結彈凍結的冰，在常溫下不會融化！」

………

是不是非常危險啊？

「當然，使用時必須謹慎。」

在宴會上展示的時候，由於凍結的地點就是下一個標靶，所以完全沒注意到。

「不過考慮到要敲碎，就得讓冰塊別那麼硬。因此想在這裡做那個實驗。」

露這麼說完，便裝上連鎖式冰結彈。她用魔法做了一顆直徑約十公尺的巨大水球，用連鎖式冰結彈砸下去。

水球在爆開的同時迅速結凍。就像某種藝術作品一樣。

「這是原來的連鎖式冰結彈。」

露又用魔法做了顆比較小的水球，砸向凍結的水球。

小水球就這麼落到地上化為一灘水。

「沒凍住耶。」

「因為裡面不止冰結魔法，還連帶發動了固定化魔法。不過，也因此導致來自外側的影響太強，要敲碎會很麻煩。」

「宴會時不是劈里啪啦碎了一片嗎？」

「那是因為連鎖式爆炎彈威力夠強，冰結魔法和固定化魔法都煙消雲散啦。」

原來如此。

「不管怎麼說，連鎖式冰結彈如果不改良就無法採用。照現在這樣，只是把現場從淹水變成冰封而已呢。」

假如威力不足，冰會自然融化。要是將固定化魔法削弱，又會持續不斷地將周圍都凍住。看來是個難題。

確實是這樣，不過……

「與其改良連鎖式冰結彈，倒不如想個魔法把連鎖式冰結彈凍住的冰給融化，不是比較輕鬆嗎？」

「……」

露稍微想了一下後，詠唱起某種咒文。從她手裡冒出一道很細的火焰，約一公尺長。露用那道細焰切割剛剛連鎖式冰結彈凍住的水球。

做出漂亮的骰子型冰塊。看樣子，這裡的實驗結束了。

好啦，於是我打算開通水道，結果這回換成哈克蓮和古隆蒂說想借用這裡當成野外教學的場地。

「這是無妨，但別做些危險的事喔。」

「放心啦。」

雖然不是不信任哈克蓮，我還是決定同行。

地點和新蓄水池有段距離，所以用馬車移動。孩子們很高興。

馬車周圍有許多小黑的子孫。這些小黑子孫們的背上，則是拳頭尺寸的座布團孩子。牠們是護衛兼學生。

野外教學的主題是風。

哈克蓮使用魔法製造旋風。

直徑十公尺、高度一百公尺以上的旋風，還能叫旋風嗎？感覺靠太近可能會被吸進去。

當這道旋風開始像生物一樣大鬧時，哈克蓮就一拳把它打散了。原來旋風可以用拳頭打散啊，有點佩服。另外，還好這裡和村子有點距離。剛剛那道旋風的威力，搞不好會把建築吹跑。嗯，還好。

我原本以為這樣就結束，然而並非如此。

剛剛是用風魔法硬做出來的旋風。接下來要示範的，似乎是對地面加溫製造旋風。

關於上升氣流這部分，由古隆蒂為孩子們說明。

只是對地面加溫當然無法產生旋風。要讓兩道吹往對方的風，從溫暖的地面上方通過才行……是不是這樣啊？我決定也來聽聽古隆蒂的說明。

孩子們以魔法做出了小型旋風。

「只要明白自然發生的原理，不是自己屬性的魔法也能使用喔。」

哈克蓮得意地說道。原來如此，看來和不會用魔法的我無關。失落。

可能是這次野外教學成效夠好吧，部分拳頭尺寸的座布團孩子們讓我有了些新的見識。

首先準備夠大的葉子。

拿著葉子施展旋風魔法，然後衝進產生的旋風裡。

座布團的孩子們隨著旋風飛到半空中……而且坐在葉子上。就像在空中衝浪那種感覺。

雖然看起來很有趣，不過要記住，旋風魔法必須在寬敞的地方使用，室內之類的地點不行喔。注意別給周圍添麻煩。

嗯？想要更大的葉子？世界樹(Yggdrasill)的葉子最好？

嗯~世界樹的葉子可以用來醫病治傷耶。拿來玩有點……

呃，矮人們確實有拿世界樹的葉子榨汁想要釀酒，但那不是在玩喔。

鬼人族女僕們也有拿世界樹的葉子做櫻餅，那也不是在玩。

嗯，那個……該怎麼說呢，這叫玩心。玩心很重要。

我讓座布團的孩子們用香蕉葉代替。也可以吃香蕉喔。

在「大樹村」和「四號村」太陽城之間往返的萬能船，正好在此時抵達。

「老大……不對，村長。」

萬能船的船長托吾，拿著一大包東西過來。

「這是『四號村』試產的水果。似乎熟了，所以我拿來囉。」

「不好意思啊。」

很多沒見過的水果。由於是交給「萬能農具」種出來的，我連名字都不知道。所以也不知道哪些部分能吃。

「貝爾和葛沃說，研究吃法之前先拿給村長。不過嘛，也不用特別研究什麼，反正大多都是剖開來吃裡面的果肉吧。」

「話是這麼說沒錯啦。不過烤過、冰過會讓味道有怎樣的變化，這部分還是要確認啊。」
「嘿～啊，那些矮人老爺說這個和這個能釀酒，所以要量產。」
「要一下子全部量產應該做不到吧。替我轉告貝爾和葛沃，從好種的開始量產。決定好地點之後我會耕種。」
「了解。還有，村子西側新挖的蓄水池，等到裡面有水之後可以把萬能船停在那裡嗎？」
「這倒是無妨……不過有什麼理由嗎？」
「雖然在天上飛，船畢竟是船。得讓它停在水上才行。」
「原來如此。和舊的蓄水池相比，新的蓄水池比較大嘛。」
「就是這麼回事，而且深度看起來也沒問題。」
「新池暫時只當成預備水源，要停船可以喔。只不過，那邊離森林很近，如果周邊沒有戒備的話可能會出問題。」
倘若有我同行，小黑的子孫們也會跟著移動，這樣倒是沒關係……
「沒問題喔，也可以順便做這方面的訓練。」
「訓練啊。話說回來，托吾覺得這批船員怎麼樣？」
萬能船的船員以「四號村」的惡魔族與夢魔族為主。他們雖然有幹勁，但是技術基本上都是自學，不曉得在當過正式船員與船長的托吾眼裡怎麼樣。
「沒有問題。可能是因為之前都在『四號村』過著封閉的生活，他們對於在船內的共同生活相當適應。假如是這批人，要在船上生活半年都可以喔。」

「真可靠啊。」

「另一方面也是因為船好嘛。」

托吾這麼說完，便往迷宮移動。

大概是要利用傳送門前往溫泉地吧。

把溫泉地傳送門的管理工作推給優兒好像讓托吾過意不去，所以他沒事就會拿些伴手禮前往拜訪。負責管理「五號村」傳送門的芙塔覺得很有趣，將這件事告訴我。這大概是他們的相處方式吧。

這麼說來，在「夏沙多市鎮」的米優。雖然工作環境照理說有顯著改善，卻還是被大量工作淹沒。詢問發生什麼事之後，我才曉得她好像在伊弗魯斯代官那邊幫忙。唉，畢竟在「夏沙多市鎮」給人家添了不少麻煩，所以不會攔阻，但是要適可而止喔。

順帶一提，米優似乎成了傳說中一手掌握「夏沙多市鎮」會計的神祕幼女僕。

聽戈隆商會的麥可先生講起這件事的時候，我還真不知道該露出怎樣的表情。

3 玩耍

矮人們很沮喪。

他們想拿世界樹的葉子釀酒，不過好像失敗了。
「不管怎麼做都會變成水！」
而且這水無味無臭，就只是單純的液體。
直接喝倒也不是喝不下去，但是加了砂糖和橘子汁一類的東西後會比較順口。
妖精女王，妳可以喝，拜託別拍我的背催促。
再加點砂糖？知道啦知道啦。
座布團的孩子們也想喝？請用。

話說回來，這種水有什麼效果嗎？
畢竟原料是世界樹的葉子，應該有回復功用？
「誰知道？試喝之後……疲勞大概有恢復吧。喔，肩膀好像沒那麼僵硬了。」
矮人們活動著肩膀這麼告訴我。
只有這樣啊？看來直接拿葉子來用比較好。那就停止生產。
「雖然還想再研究一下，但這也是不得已。就把力氣放到『四號村』的新水果那邊吧。」
事情就是這樣。
啊，妖精女王和座布團的孩子們，別全部喝完，拜託留一點下來。
不是我要喝，打算拿去獻給神。

既然有恢復疲勞的效果，那就不算失敗吧。只是沒得到想要的成果……我知道，會和釀好的酒一起供上去。

不過，我覺得神不會因為這樣就抱怨啦。

將先前提到的水和酒供到創造神像和農業神像那邊之後，我前往池龜牠們住的第一個蓄水池。

我拿些高麗菜送池龜。因為採收的量多了點，別客氣。

池龜們表示「謝啦」，然後直接啃起整顆高麗菜。真是豪爽。

有一隻是萵苣派。要萵苣是無妨……什麼時候吃到的？孩子們餵你吃的是吧。好，我會拿來。還喜歡白菜？知道啦知道啦，白菜也會一起拿過來。

把高麗菜、萵苣與白菜交給池龜之後，我看向等在後面的小黑子孫們。

牠們排成整齊的隊伍，一副「接下來輪到我們對吧」的模樣在等待。

打從拿高麗菜給池龜的時候，牠們就開始集合了。我都知道。因為去拿萵苣和白菜的時候，自己還嚇了一跳。

呃，那要怎麼辦呢。吃些農作物、一起去打獵與玩球。

哪個好？全部？真是誠實啊。

我一直努力到太陽下山。

回到宅邸後，把時間用來陪小黑和小雪。因為牠們把機會讓給孩子們，自己沒參加。

嗯，不止小黑和小雪，有工作在身的小黑子孫們也沒參加。改天再來一次吧。

小黑和小雪之後，則是從剛剛就一直在攻擊我的背的貓一家。貓姊姊米兒、拉兒、烏兒與加兒。小貓艾利爾、哈尼爾、賽路爾和薩麥爾。魔王不在時，牠們就會纏著要我陪。

不遠處，貓爸爸萊基耶爾與貓媽媽珠兒一臉歉意。你們不來阻止自己的孩子呢。不要把臉別開。

就在我陪貓玩時，有個獸人族女孩來了。她在牧場區工作。

「不好意思，村長，有一頭牛失蹤了。」

牛？

「原本以為是去溫泉地了，但是牠到晚上還沒回來。」

牛、牛、牛……啊！

陪小黑的子孫們玩時，倒是有看到牛。應該在蓄水池附近睡覺才對。

「蓄水池附近是吧。我知道了。」

我也去幫……被貓們攔住了。

「沒關係，我會去找，村長維持這樣就行了。」

抱歉。是在蓄水池北側看到的，果園區附近。說不定牠走進了果園區。

「我知道了。」

三十分鐘後，我接到牛隻安然無恙的報告。

好像是在果園區迷路。鬆了口氣。

貓們大概也玩膩了，就此解散。

接著上門的是艾基斯和鷲。

艾基斯來炫耀今天做了怎樣的特訓，鷲則在旁邊溫暖地守望。儘管種族不同，卻像是親子。不，或許是搭檔？無論如何，相當溫馨。

隔天。

妖精女王變成大人版。比先前看到時還要成熟？不過沒有藤蔓。怎麼回事？

「位階提昇啦。」

位階？

「距離神又近了一步……這種感覺吧。」

「怎麼會突然這樣？」

「我想，大概是昨天喝的那個。」

「那個？」

「用世界樹的葉子做出來的水，那是神水（Soma）喔。」

「神水？」

「詳情去問你太太。我能說的就只有那個禁止生產，懂了吧？」

「嗯。話說回來，沒問題嗎？」

「我沒問題，過一陣子就會恢復原狀了。」

「那就好。」

然而，有喝的不只妖精女王。

矮人和座布團的孩子們也有喝。

「放心，不是什麼人喝神水都能提昇位階。」

「這、這樣啊。」

「要說誰會有問題，就是你喔。」

「我？」

我幾乎沒喝啊？

「不是這個意思。位階提昇後的我，還沒辦法好好控制力量。單純看這部分還只是我的問題，不過你會受到影響，所以……」

很可能又會多幾個孩子。

「就存在意義來說，我當然希望孩子出生，但是也知道養育孩子有多辛苦。在我能控制力量之前，如果你能避免行房當然就沒問題，不過……」

「我會和太太們商量。」

「就這麼辦吧。那麼，可以麻煩你做早餐嗎？甜的最好。」

「妳有點過不甜的東西嗎？」

「沒有耶。」

喝了神水的矮人和座布團孩子們沒有任何變化。還好。

只不過，供奉給神的神水消失了。

我想應該沒人會偷喝供品……所以是蒸發了？大樹看起來特別有精神，應該是錯覺吧。

4 神水與樹精靈

解釋妖精女王變成大人狀態的原因後，露、蒂雅與芙蘿拉便逼問神水的事。

沒庫存，也沒打算生產。

這麼回答後，她們顯得很失望。在藥品研究方面，神水好像是超貴重的重要材料。至於有多貴重，按照露的說法是……

「大、大概像龍鱗那樣。」

據說是這樣，但我不太明白。畢竟說起龍鱗，家裡到處都有。最近常撿到火一郎的龍鱗，好像是因為處於成長期。值得高興。不過得提醒他，龍鱗要丟在指定的地點。

「龍鱗的價值暴跌……」

「露妳沒有錯，只不過這裡是原產地。」

「對啊，姊姊。在原產地本來就會跌價。」

露、蒂雅與芙蘿拉三人感情很好。

真是溫馨。

那麼，嗯，事情就是這樣，所以我……逃不掉。

關於生產神水這件事，妖精女王的制止當然也是原因之一，但重點還是在於消耗太多世界樹的葉子，所以基本上不再製造。

「根據矮人們的說法，要裝滿一個中型酒桶好像需要大約兩千片世界樹的葉子。」

中型酒桶大約四公升，所以製造一公升大概需要五百片？

「不需要那麼多！一滴、一滴就夠了！」

說是這麼說，但是妖精女王已經喊停。

「用來研究的份！不然拜託把配方公開！」

「配方可以公開，不過不能摘世界樹的葉子喔。」

「為、為、為什麼？」

「住在世界樹上的巨蠶們向我抱怨，說採太多了。」

「嗚……」

「鬼人族女僕們也摘了些做櫻餅，找她們拿剩下的怎麼樣？」

「已經確認過，全都用鹽醃起來了……」

「這、這樣啊。嗯……如果是種在花田旁邊的世界樹，要摘也無妨喔。」

「真的？」

「嗯，對。不過，要等它長得更大一點再摘喔。」

「我知道了！」

世界樹只有一棵讓我有點害怕，所以在花田旁耕了一塊田種滿世界樹。

一開始的世界樹明明馬上就長大了，種在田裡的卻長得很慢，還是樹苗狀態。等它們長大到能摘葉子，不曉得要多少年……這點還是先別說吧。

總之，關於神水的事就到此為止。重點是由於妖精女王位階提昇，導致這段時間容易有小孩……

太太們……不，太太預備軍們開起會議。我則是在別的房間待命。不知為何還有人負責監視……我不會逃呀？

「我們相信你。監視是防止偷跑。」

還偷跑……

至於會議結果以及之後我的處境，這裡就不多談了。

某天，我看見露抱著樹椿。那樹椿是……

「你好～」

原來是樹精靈。

「妳好。露，要帶樹精靈去哪裡啊？」

「『五號村』出了點麻煩，需要靠樹精靈解決。」

「解決麻煩要靠樹精靈？」

「對，要一起來嗎？」

「可以嗎？」

「反正也用不著保密。」

「五號村」的麻煩，和採礦場有關。

距離「五號村」稍遠處，有七個礦場。其中有四個挖到水脈而淹水，經評估後認為無法繼續採礦，目前正打算利用露做的連鎖式冰結彈讓礦場恢復開採。如果進展順利，不止「五號村」，全世界淹水的礦場都能重新開採，所以魔王和比傑爾也很期待。

這次的問題不在那裡，而是能正常開採的三個礦場。發生在前往礦場的路上。

「因為有魔物出沒，採到的東西沒辦法運送呢。」

原來如此，確實是問題。

可是，解決問題為什麼需要樹精靈？委託冒險者不就好了嗎？

「因為出沒的魔物是那個啊。」

露……不對，樹精靈樹枝所指的方向是……………………普通的森林啊？

「樹人(Treant)啦。外觀是樹，所以在遭到襲擊前都認不出是樹人。」

這麼一來，要靠冒險者驅趕恐怕不太容易。

……怪了？擬態成樹的魔物，不是還有樹殺手嗎？不一樣嗎？

「很像，但是兩者不同。」

樹人是襲擊來到自己附近的動物，樹殺手則是擬態成樹接近獵物後發動攻擊。

看起來很像，不過生態、戰鬥方法與弱點好像都不一樣。而且，最大的差別在於樹人能夠對話。

「所以大家想說能不能靠談判解決，於是找上樹精靈。拜託囉。」

「交給我吧。」

樹椿形態的樹精靈化為人形態，走近一棵樹。還是老樣子全裸。雖然美，卻有礙觀瞻。

然後，這位全裸美人往樹踢了一腳。

「我都來了還當沒看到，好大的膽子！瞧不起我嗎？啊？瞧不起我是吧～」

口氣就像個凶惡的混混。

咦～？她在村裡不會這樣講話吧？

不過，可能是這種口氣發揮效果了吧，許多樹聚集到樹精靈周圍。

「沒、沒有瞧不起您啦～求求您饒了我們吧～」

看來樹人無意交戰。

「既然沒瞧不起我，為什麼不來打聲招呼？你們知道我進森林了吧！」

「非、非、非常抱歉。」

「既然你們這麼囂張……」

全裸的樹精靈，將一隻腳插進地面。

「這一帶的營養，我就全搶走囉。」

「噫——會、會枯掉、會枯掉啊啊啊！」

全裸的樹精靈將這批樹人都恐嚇一遍之後放聲大笑，然後命令樹人們移動。

「露大人，要讓他們移動到哪裡呢？」

態度的落差讓人有點困惑。

「按照預定計畫，人們似乎往北尋找新礦場，如果能往東移動就再好不過。」

「我知道了……喂，你們幾個，給我往東邊移動！」
「東、東邊有很強的魔物。」
「啊～？意思是有比我還恐怖的魔物？」
「是、是的……」
「怎樣的魔物？」
「戰熊。那些傢伙會傷害我們的身軀……」
「他們是這麼說的，您怎麼看～？」
樹精靈向露確認。
「如果是戰熊，就叫格魯夫想辦法處理。總而言之，要他們暫時別襲擊通過這一帶的馬車。」
「聽到了嗎！」
「遵、遵命！」
目前，樹人造成的損失只有駕車的馬與牛，姑且還能放過。似乎因為人動作靈敏又會用火，所以他們沒出手。假如可以，希望他們連馬與牛也別碰。
根據樹精靈和樹人商量的結果，將於十天之後移動。在這之前，格魯夫會率領「五號村」的冒險者和警衛隊處理戰熊。
沒事先問過格魯夫的行程，這樣沒關係嗎？

「請包在我身上！」
沒問題。
於是編組了一支以格魯夫為中心的除熊隊伍。警衛主任畢莉卡、在「五號村」修行的雀兒喜、白銀騎士（Silver Knight）、青銅騎士（Bronze Knight）和赤鐵騎士（Iron Knight）也會參加。
原本以為青銅騎士會專心顧「青銅茶屋（Cafe Blue）」，原來他也要參加啊。據說是因為不偶爾揮揮劍，身體會變差。原來是這樣嗎？
賞金由我出，所以除了戰熊以外也儘量獵。不過，記得放過樹人。結束後，我會在「酒肉妮姿」安排宴會。
格魯夫出發前夕，達尬趕來會合。呃，沒有要排擠你啦。別那麼生氣嘛。要參加也可以，但是不能逞強喔。

5 西洋棋的棋子與討伐成果

我一邊揉著酒史萊姆，一邊在蓄水池附近發呆。
在我身旁的，則是小黑的子孫之一——正行。牠也一起望著遠方。

池龜們一臉擔心地看著我們。
呵呵，沒事的。
對，沒事。我可以揉揉酒史萊姆得到治癒，又有正行在……啊，酒史萊姆被聖女瑟蕾絲帶走了，正行則被牠的伴侶們帶走了。
……對了，來雕神像吧。

我雕的神像，始祖先生會放置金錢和寶石後帶走，於是雕了差不多十尊，就改雕西洋棋的棋子了。
我雕了四套普通的棋子，另外還雕了特殊的神明版本。
這種特殊的棋子，難以辨識它們分別對應哪一種，所以花工夫在底座製造差異。西洋棋只有國王、皇后、主教、騎士、城堡與士兵這六種，並不難。
嗯，做得不錯。可是，拿這個來下棋會不會遭天譴啊？當成純裝飾用吧。
呃，始祖先生，這是非賣品，不是金額的問題。你拿出像是科林教祕寶的東西我也很困擾。

在村裡說到下棋就是小黑四和瑪爾比特，所以我又試著做了地獄狼版本和天使版本。
小黑是國王，小雪是皇后。這些棋子同樣在底座做出差異，另外還讓牠們戴上了簡單易懂的王冠。
天使版本的國王我原本想雕蒂雅，不過還是選了瑪爾比特，皇后是琳夏。相當帥氣。
座布團來了，用肢體動作示意也想要座布團牠們的版本，所以我又雕了座布團版本。

吧。

座布團的孩子們種類豐富，不愁沒有適合的角色。國王是座布團，皇后……就用阿拉克涅的阿拉子吧。

就在埋首做這些東西時，我接獲格魯夫等人回到「五號村」的報告。

格魯夫一行人的戰熊討伐行動非常成功。十天之內，他們打倒二十七隻戰熊，還有數之不清的其他魔物與魔獸。

根據格魯夫的說法，以這種異常的密度來看，要是放著不管，恐怕「五號村」與周邊村落，甚至「夏沙多市鎮」等地都會受害。運氣不錯。

「畢竟預兆只有樹人造成的損失嘛，大家都疏忽了。」

陽子也鬆了口氣。

儘管「五號村」的防衛沒有什麼問題，周邊村落卻令人擔憂。再加上她看準了「五號村」和「夏沙多市鎮」的消費成長，鼓勵周圍村落增產牛、豬、雞等家畜家禽。這些都投資不少，差點就全泡湯了。

不過嘛，最重要的是村民們沒有死傷。

「為了保險起見，讓冒險者們到各村巡視吧。」

我贊成陽子的提議，沒有反對的理由。

「而且，這次討伐的魔物與魔獸……」

「有什麼問題嗎？」

「不，商人們等著收購。」

格魯夫等人討伐的魔物與魔獸，由冒險者們運回「五號村」並解體。嗯，商人不會錯過吧。

「隨大家高興就好……為什麼要向我確認？」

「獵物的所有權，本來屬於打倒獵物的人，但這次是在村長的命令下討伐。而且，村長承諾了會因應獵物給予報酬。在這種情況下，獵物的所有權屬於村長。」

「這不是命令，是請求喔。」

「一樣。」

「……我知道了。向格魯夫他們確認有沒有需要的部位，剩下的就賣掉吧。」

「感謝。因為拍賣會已經在準備了。」

「儘快確認吧。」

討伐歸來的格魯夫等人，在「酒肉妮姿」舉行宴會。

看來沒什麼人受重傷……但是青銅騎士好像很沮喪。發生了什麼事？被樹殺手騙了三次……呃，不行。不知道該怎麼安慰才好。來人啊。

「嫩，都是你太大意。牠們和樹人不一樣，明明仔細看就認得出來。」

白銀騎士，你補刀是想怎樣啊。

呃，安慰或許確實無助於成長啦……算了，武人的事就交給武人吧。

我向格魯夫等人確認。
似乎沒有需要的部位。承諾的討伐報酬好像已綽綽有餘。
同行的陽子部下急忙趕回去報告。商人們施加的壓力很大？得感謝陽子。
接著我參加宴會，詢問討伐的情形。
照格魯夫和達尬的說法，畢莉卡和雀兒喜似乎變強不少。特別是畢莉卡，好像已經強到想讓她參加「大樹村」武鬥會的程度了。順帶一提是指戰士組，騎士組還早。如果當事人有意願，她要參加也不成問題喔。
雀兒喜……則是拒絕了。記得她之前在一般組打到爭奪優勝，卻被烏爾莎一招放倒嘛。烏爾莎目前不在喔……她表示就算這樣還是不參加。相較之下，更希望能在「五號村」舉辦武鬥會啊？
目前雖然有自主舉辦的小型武鬥會，但是沒有我主辦的大規模武鬥會。這倒是無妨喔，我和陽子說一聲吧。啊，不過陽子搞不好會生氣。
畢竟，目前還忙著要開發地下商店街、鼓勵周邊村落畜牧，以及設立學園和競賽場嘛。儘管不是全都由陽子負責應該沒關係……不過要告訴陽子時，還是先請她享用佳餚與美酒再說吧。
還有，不該隨便答應人家的要求。反省。

隔天。

陽子沒生氣。

「我正打算提議舉行武鬥會。」

「是這樣嗎？」

「嗯，因為『夏沙多市鎮』每個月都有武鬥會，原本以為人們會往那邊去，但是我太天真了。全都要怪格魯夫。」

「格魯夫？」

「那些自認身手不凡想打倒武神格魯夫的傢伙，紛紛來到這裡登門挑戰私鬥，各地都有怨言。」

「對策就是武鬥會嗎？」

「不錯。雖然沒辦法辦得像『夏沙多市鎮』那麼盛大，但是有個讓大家發洩的場合應該能讓事情平息下來吧。格魯夫也能有個拒絕私鬥的藉口。」

「只要說『留到武鬥會上一決勝負』就好。原來如此。」

「還有，單純希望在『五號村』舉辦武鬥會的人也很多。是想和『夏沙多市鎮』對抗吧。」

「對抗……」

「這種事可不能小看喔。將來說不定可以和『夏沙多市鎮』聯合舉辦些活動。不過嘛，大概要等個五年、十年吧。」

「『五號村』和『夏沙多市鎮』的聯合活動。

「五號村」應該沒問題吧。「夏沙多市鎮」……有協助伊弗魯斯代官的米優在，大概有辦法搞定？這麼一來，感覺就頗有可能了。

雖然我完全猜不到要聯合起來辦些什麼……

「我覺得不壞。」

「是吧。總而言之，我贊成舉辦武鬥會，也打算全面推動這件事。」

「知道了，目標是什麼時候舉辦？明年？還是後年左右？」

「下個月。」

「……咦？」

「期待的人真的很多……」

雀兒喜對我說那些，該不會是為期望的人們代言吧？

閒話　王都生活　蒂潔爾篇　餐會

我的名字叫蒂潔爾，本日於我們在學園內的家舉行餐會。

來賓有魔王大叔、魔王夫人學園長、比傑爾大叔、藍登大叔、荷姊姊、葛拉茲大叔，還有達馮商會的黎德莉臨時參加。達馮商會負責魔王國糧食的生產以及價格調整，將這些事情交給我處理似乎讓她很擔心。

雖然想生氣地說：「相信我啦！」但是我們昨天才初次見面，所以她會這樣也是難免。不過嘛，很高興能夠告訴大家黎德莉是我的朋友。畢竟阿爾哥和烏爾姊大概都還沒有能邀來參加餐會的朋友。這讓我有點小小的優越感。

由於屋子不怎麼大，所以餐會分為起居室與戶外兩處。

葛拉茲大叔是個頭比較大的半人牛族，因此自動自發地往戶外移動。戶外似乎是烤肉。葛拉茲大叔的部下聚集在這裡，做了許多準備。看來會成為相當盛大的烤肉會場。

這倒是無妨，不過魔王大叔他們都在屋子裡，不用派人站崗嗎？

「要是戒備得太明顯，等於告訴大家重要人物就在這裡。放心吧，重要地點都在控制之下。」

葛拉茲大叔將肉和蔬菜串起來，同時用眼神將部分重要地點告訴我。原來如此，是暗中戒備啊。

混代龍族歐潔斯、海芙利古塔、姬哈特洛伊，和葛拉茲大叔的部下混在一起準備烤肉。

「她們主動表示要幫忙，好像是和你們起了些摩擦，所以想彌補。」

「倒也算不上摩擦……她們只是想參加烤肉會吧？」

「或許吧，不過以戰力來說沒得挑剔。另外，還有部分學生參加……話說回來，這裡好像一有什麼活動，人就會自然聚集過來。」

「好像是耶。」

烤肉會場的外圍，不時會冒出一些見過的學生……啊，戈爾哥他們在發號施令。

「不愁沒人手，戶外交給我們。再不進去，妳就要挨罵了吧？」

我差點忘了。

回到起居室，黎德莉以「救救我」的表情看著我。

難道說有人欺負她？我看向阿薩，但他搖搖頭告訴我不是。

「蒂潔爾小姐，丟下請來的客人不管，恐怕不是什麼值得嘉許的行為。」

啊，對喔。

「對不起。」

我向黎德莉道歉。

雖然向阿爾哥和烏爾姊介紹過黎德莉，但是還沒為方才尚未到場的魔王大叔他們介紹。如果彼此已見過面就不成問題，如果不是，那麼不為大家介紹邀來的客人，就等於那人不在場。儘管麻煩，然而這就是貴族的規矩。

餐會還沒開始，不過賓客已經到齊，所以先行介紹。

「魔王大叔，可否容我為你介紹這位女士？」

這種場合，得先將她介紹給在場地位最高的賓客。

我應該沒弄錯規矩才對，黎德莉卻發出小小的慘叫，為什麼？

將黎德莉介紹給在場所有人之後，餐會開始。
桌前坐了阿爾哥、烏爾姊、我、魔王大叔、學園長、比傑爾大叔、藍登大叔、荷姊姊與黎德莉。
阿薩、厄斯與梅托菈在旁伺候。稍後得感謝他們才行。
魔王大叔他們另外還帶了六個人來伺候，所以不算寬敞的家裡擠滿了人。
首先，為所有人上飲料。一開始大家都是果汁。荷姊姊一臉失望，這也沒辦法。畢竟規矩是大家要享用一樣的東西。
不過嘛，這只是形式，之後會為想要酒的人上酒。梅托菈將這件事告訴荷姊姊之後，荷姊姊顯得神采奕奕。
荷姊姊，就算是這樣也不用一口氣把果汁喝光啊……
主人是我們，不過餐會的名義是慶祝我們入學，所以先由來賓致詞。
最先致詞的是學園長。
「雖然入學典禮已經說過了，不過我要再次鄭重歡迎你們入學。希望你們多多學習、多多努力。」
接著是魔王大叔。
「注意別鬧得太過火啊。」
再來是比傑爾大叔。

「如果有什麼困難，儘管找我幫忙。你們就等於是我的孫兒。」

藍登大叔。

「比傑爾，你這樣太奸詐啦。咳。與其找比傑爾，不如來找我。畢竟我負責內政嘛，犯的罪別太誇張都還能蒙混過去。」

荷姊姊。

「遮掩犯罪我實在不能當沒聽到。與其去找沒用的大人，還不如找我。倘若要商量關於錢的事，包在姊姊身上就行了。」

「什麼姊姊，年紀明明比我還大……」

藍登大叔之所以欲言又止，大概是桌子底下發生了什麼事吧。爸爸也說過，不可以提及女性的年齡。我判斷這是藍登大叔的錯。何況自己也沒打算做出那種會變成犯罪的失誤呢。

最後是黎德莉。

「呃……首先感謝幾位招待敝人來此處。敝人黎德莉．貝卡瑪卡，身為達馮商會的一員，在此恭賀阿爾弗雷德少爺、烏爾莎小姐與蒂潔爾小姐進入加爾加魯德貴族學園就讀。」

黎德莉說完，阿爾哥便代表我們致謝：

「非常感謝各位的問候。我們才疏學淺，想來今後會有給各位添麻煩的地方，還請不吝賜教。今天準備了一些我們出身村莊的餐點，不成敬意。還望各位能盡情享用。」

他直接把事前準備的講稿拿來說。

為了別過度謙虛，這份講稿讓我們費盡心思，要是派不上用場會很傷心。幸好有把黎德莉叫來。

阿薩他們端來餐點。

我們也為了餐點該怎麼辦而煩惱——是該做成套餐，還是別這麼做呢？

以場合來說，做成嚴肅正經的套餐應該才是正解，也可以強調我們有順應魔王國的作風。但是，對於熟知村裡食情的魔王大叔他們來說，做得這麼客套沒意義。所以我們放棄套餐形式。

「請用豬排定食。」

豬排、高麗菜、白飯、味噌湯與醬菜。是爸爸會喜歡的菜色。

「豬排、高麗菜、白飯、味噌湯與醬菜，全都有準備額外的份。還請別客氣，有需要儘管開口。」

阿薩這麼說完，大家開始吃飯。

本來呢，應該由我們帶起話題……不過，每一位客人都默默地吃，黎德莉也是。只聽得到「再來一份」的聲音，還有點酒的聲音。

荷姊姊，為什麼妳會知道我們帶來哪幾種酒啊？我們確實不喝，酒都是要在這種場面端出的……梅托菈，無妨，就拿給她吧。但是荷姊姊，不能喝過頭喔。

總而言之，吃飯吧。

有話等吃完再說也不遲。

閒話 王都生活 黎德莉篇 提出問題

我的名字叫黎德莉。黎德莉．貝卡瑪卡。達馮商會的十七個候選人之一。

達馮商會代表不在的期間，王都如果有什麼事，我要負責指揮。講得好聽，說穿了就是看家的。一來我不會插嘴候選人之間的糾紛與對立，二來王都難得出什麼事。

難得的事發生了。

好像有幾名候選人，將危險魔物巫妖藏在王都裡。而且這些人還無視王城的通知對重要人物出手。

我送出請帖打算與重要人物和解，對方卻以夜襲回應。候選人之一路路莎採取防禦措施，但轉眼間就被對方擺平。稍後趕到的援軍甚至沒參戰，直接倒戈把路路莎抓了起來。

…………

達馮商會完了。

原本這麼以為，不過勉強還能挽救。大概是平常有行善積德，改天多捐點錢給教會吧。

隔天。

我來到加爾加魯德貴族學園。

似乎是和我們商會有糾紛的重要人物——蒂潔爾小姐的哥哥舉行餐會，邀請我到場。

雖然很想婉拒，但是聽到要和藍登大人談一直以來由達馮商會負責的魔王國糧價與糧食生產相關事務，也就不得不參加了。

看樣子，我是第一個抵達的。

唉，畢竟比人家講的時間提前了兩個小時，這也是理所當然。儘管太早抵達很失禮，不過有事先聯絡蒂潔爾小姐會早到，並得到她的許可。

在餐會開始之前，必須先為了達馮商會的失態向蒂潔爾小姐的哥哥賠罪才行。

蒂潔爾小姐的哥哥——阿爾弗雷德少爺。蒂潔爾小姐的姊姊——烏爾莎小姐。

幸好兩人和蒂潔爾小姐不同，看起來相當沉穩。他們不但接受賠罪，還相當擔心我。

蒂潔爾小姐給我添麻煩？不不不，沒這回事。是的，沒問題。真的喔。為什麼要懷疑到這種地步？

請別拿錢給我。賠償金？不，蒂潔爾小姐沒給我添麻煩。不、不需要的。

儘管稍微有點爭執，不過這麼一來就能放心。接下來，只剩和藍登大人談話。

老實說，藍登大人從來沒見過我。很緊張。

藍登大人重振了魔王國一團亂的政治與經濟，是一位精明幹練的政治家。而且聽說是個冷酷無情的人。只要知道這東西沒用，就算是四天王的地位，他一樣能乾脆地扔掉。

為了避免他認為達馮商會沒用，我得好好努力。

參加餐會的賓客先後抵達。

首先是魔王大人……為什麼會來？呃，我知道他個性隨和，還會透過棒球和庶民交流，但好像不是那種人家叫他就會來的人……不，照理說不該來吧？

接著是魔王大人的夫人。這位夫人相當神祕，就連和他國交流的重要場合也不會出席，她為什麼會在這裡？

再來是克洛姆伯爵。據說魔王國的外交重任都是由他一肩扛起，堪稱魔王國重鎮中的重鎮。

然後還有以智謀撐起魔王國最前線的葛拉茲將軍、一手掌握魔王國經濟的財務官雷格大臣，最後是藍登大人。

…………

…………………

魔王大人伉儷與四天王，全部到齊？

怪了？我只聽說是餐會，原來是會左右魔王國命運的重要場合嗎？就在我百思不解時，葛拉茲將軍開口了。

「這樣實在有點擠，我到外面去吧。」

咦？等等，非常抱歉。這句話其實該由我來說對吧。

「我、我到外面去……」

「不，如妳所見，我是半人牛族，身軀太龐大了。」

葛拉茲將軍這麼說完，便離開屋子。

非常抱歉。真的非常抱歉。現在應該還來得及，我也去外面……

自己正準備這麼請求蒂潔爾小姐時，卻被帶到魔王大人面前。

「她叫黎德莉，據說是達馮商會的候選人之一，是我的朋友喔。」

「這樣啊，蒂潔爾的朋友啊。那麼也等於是我的朋友，請多指教囉。」

魔、魔、魔、魔、魔、魔王大人金口……而且還是朋友？魔王大人的朋友？

「魔王大叔，黎德莉是我的朋友，不可以搶走喔。」

「哈哈哈，朋友要交多少個都沒關係。對吧，黎德莉？」

噫、噫、噫——

當我回過神時，餐會已經開始了。自己剛剛有好好問候嗎？

呃……眼前是豬排定食。

「夏沙多市鎮」那間「夏沙多大屋頂」有提供的餐點對吧。我雖然不曾吃過，但是聽說過。據說相當美味。

味道的關鍵，在於這濃厚的豬排醬。傳說已經有幾十個商人試過要偷走他們的口味，然而至今依舊沒人能重現。

我完全沒想過，居然能在這裡吃到。不過，原來還能指定腰內肉、里肌之類的部位啊？沒聽說在「夏沙多大屋頂」還能指定這些。

起司捲？蘆筍捲？請各給我一個。那個叫炸肉餅的又是……那麼，麻煩也給我一個。很下飯。

餐具是筷子。

不久前，各地已開始流行筷子，這是種用來代替刀叉的餐具。幸好我有為了避免落伍而練習過。魔王大人他們也用得十分自然，讓人有點驚訝。

習慣筷子之後，不禁為它的方便感到驚訝。當然，僅限於適合用筷子的餐點。也有些料理不太方便用筷子吃。只不過，刀叉同樣有不太適合的菜色，沒必要為兩者分出高下。

吃到一半，方才到外面的葛拉茲將軍拿了串在一起的肉和蔬菜進來。

這些充滿野性的肉和蔬菜上面塗了醬油。戈隆商會經手的醬油，居然出現在這裡啊？達馮商會不能落於人後，必須找找還有什麼新的調味料才行。

我一邊喝著餐後茶，一邊回想剛剛吃的東西。真是美味。

原本以為自己嚐過不少美食，看來還是太狂妄了。必須去一趟「夏沙多大屋頂」才行。不，只是造訪「五號村」時順便去喔，順便。

好啦，既然已經吃完飯，就該解散……………………慢著！差點忘了！

蒂潔爾小姐正打算找藍登大人談話。我連忙制止。

「找我有事嗎？」

藍登大人看著阻止蒂潔爾小姐的我。好、好恐怖。所以我放下了攔阻蒂潔爾小姐的手。

「藍登大叔，達馮商會負責魔王國糧食的生產與價格調整業務，他們說出了點問題。」

呀啊啊啊啊啊啊啊！不、不可以說出問題啦——！

「……這可不能當沒聽到。麻煩講清楚一點。」

這個話題引起了藍登大人的興趣。

「我也要聽。」

雷格大臣也是。

完蛋了，澈底完蛋了。

再見，讓我奉獻青春年華的達馮商會！

閒話　王都生活　黎德莉篇　解決問題

達馮商會負責魔王國糧食的生產與價格調整。

關於生產部分，我們一直鼓勵人們增產。就如各位所知，魔王國長年以來處於糧食不足的狀況。再加上和西方的人類國家爆發戰爭，因此糧食再怎麼樣都不夠的狀況一直持續到現在。但是，糧價從來沒有飆漲過。

因為達馮商會一直用高價從產地收購，再廉價販賣到各地。當然，這麼做會虧損，赤字嚴重。不過，這些赤字會透過免除關稅、土地稅等稅金，再加上部分商品的專賣權，進而得到補償。

魔王國的糧食危機解除，始於數年前官方推行以迷宮薯讓田地再生的措施。

儘管這導致市面上糧食過剩，但價格依舊沒有崩盤。因為達馮商會持續以高價收購。

達馮商會收購的糧食，則會直接賣給魔王國。

當然，達馮商會也不是單純轉賣糧食的盤商。我們會調查民眾所需要的作物，並且不著痕跡地指點各地領主調整產量。也沒有訂立高價牟取暴利，而是為了魔王國將價格訂在符合常識的範圍內。

這就是達馮商會負責的魔王國糧食生產與價格調整業務。

這次造成問題的部分，是在「夏沙多市鎮」與「五號村」周邊擁有極大影響力的戈隆商會。

戈隆商會用比達馮商會還要高的價格收購農作物。這麼一來，「夏沙多市鎮」與「五號村」的農作物價格當然會提昇。

如果只有這樣，還可以說是單一地區的問題，但「夏沙多市鎮」是從魔王都前往各地的中繼點。那裡的價格變動，會對整個魔王國造成影響。

因此，我們找上戈隆商會交涉，希望雙方腳步一致，然而事與願違。要是就這樣放著不管，糧食市價會出問題，不難預料到會進一步影響各地的糧食產量。

這就是目前達馮商會面臨的問題。

「講得簡單一點，就是戈隆商會高價收購大量農作物，對全國造成影響，讓人很頭痛。收購作物沒關係，但是拜託用達馮商會建議的價格買～是這樣吧？」

我花了約三十分鐘向與會成員說明的事，蒂潔爾小姐幫忙整理得更加簡單明瞭。

該說謝謝嗎？

「為什麼戈隆商會要用高價買？低價收購才賺得多吧？」

這是魔王大人的疑問。

「因為販賣農作物的也是戈隆商會。」

戈隆商會的麥可會長回答。
原來如此，是這麼回事啊。這麼一來戈隆商會確實很難同意降價收購，畢竟賣方的收益會減少。
……不，難道這是戈隆商會的攻擊？畢竟同時擔任賣方和買方，就能夠自由操縱價格……咦？
為什麼麥可會長在這裡？
像他這樣的重要人物來到王都，我應該會立刻接到聯絡才對，但是沒聽說。
「他剛剛透過克洛姆伯爵的傳送魔法趕來……這裡是？」
回答我疑問的人，正是達馮商會的代表，迪林泰德。外表看起來是三十來歲男性，實際年齡卻超過一百五十歲的魔族。
「黎德莉，這是妳幹的嗎？」
絕對沒這回事。我全力搖頭。不是我。
「總而言之，兩位先坐吧。」
有個陌生的幼女僕請麥可會長與迪林泰德代表坐下。
怪了，幼女僕也坐下了？呃……她是誰？
儘管她應該沒注意到我的疑惑，還是開始自我介紹了。
「敝人是在『夏沙多市鎮』擔任伊弗魯斯代官首席秘書的米優。」
伊弗魯斯代官很有名。

不管去哪裡人家都會說他很能幹的代官，各地都熱切盼望他能來自家上任。
考慮到他去「夏沙多市鎮」任職之後，那裡有了爆炸性的發展，就能明白他有多麼優秀。
米優是那位伊弗魯斯代官的首席秘書。初次見到她的好像只有我和魔王夫人，或許她也是實力派。
…………
「蒂潔爾小姐也認識米優大人嗎？」
我詢問蒂潔爾小姐。
米優大人入座之前有和蒂潔爾小姐擊掌，我想應該沒錯……
「她是我們村子的居民呢。」
「呃……所以米優小姐是『五號村』的居民？」
米優大人回答了我的問題：
「我原本的身分是村長家的傭人之一。和那邊的阿薩是同事。」
原、原來如此。
「只不過，此刻我是代替伊弗魯斯代官來到這裡，希望能得到相應的待遇。」
「我、我明白了，米優大人。」
在我說明達馮商會面臨的問題時，克洛姆伯爵似乎已經跑了一趟「夏沙多市鎮」，將戈隆商會的麥可會長、達馮商會的迪林泰德代表，還有伊弗魯斯代官的首席秘書米優大人帶來。

然後，現場除了三人之外，還有方才參加餐會的成員。魔王大人、魔王大人的夫人、克洛姆伯爵、雷格大臣、藍登大人、蒂潔爾小姐、阿爾弗雷德少爺、烏爾莎小姐和我。

……為什麼我會在這裡啊？可是不管說什麼，大家的目光都會集中過來，這點實在令人困擾。所以我選擇沉默。要盡可能保持沉默，撐過眼前這個場面。迪林泰德代表，拜託別瞪我。將糧食生產與價格調整問題拿出來陳情的人不是我。對，不是。沒有要把你趕下台的意思，也沒有半點這樣的念頭。

魔王大人無視我的心情，繼續討論這個話題。

「總之……麥可，既然賣方和買方都是你們，價格要怎麼訂都行吧？無法合作的理由是什麼？」

對於魔王大人的質疑，麥可會長面不改色地回答：

「牽扯到極機密案件。」

完全算不上答覆。他根本沒有回答耶。這樣不太妙吧？就算彼此是競爭對手，聽到這種回答依舊讓人擔心他會被視為大不敬。

「既然如此，也是不得已呢。」

魔王大人？您為什麼妥協了？

「魔王大人，即使的確是不得已，還是必須想點辦法。」

克洛姆伯爵指出這點。雖然很有道理，但為什麼「的確是不得已」啊？

「嗯，也對。那麼……我命令在場的人，此處討論的內容不得外傳。只准將結果帶回去。」

魔王大人如此宣告。

換句話說，接下來要談極機密案件。而且如果將機密外流，會被不由分說地處理掉。真想逃，可是逃不掉。麥可會長點點頭，說起極機密案件的內容。

「戈隆商會管理的農作物，全都屬於村長所有。」

……非常抱歉，我不明白是什麼意思。「村長」是指哪裡的村長啊？

「戈隆商會與村長的交易雖然是以金錢往來，但是金幣和銀幣的外流成了嚴重問題。對策之一，就是以農作物等物資支付。」

以農作物支付？不，更重要的是，他說戈隆商會在做會讓金幣和銀幣嚴重外流的生意？

米優小姐接著開口：

「換句話說，戈隆商會保有的『夏沙多市鎮』與『五號村』近郊田地作物，銷售額全都要支付給村長。問題在於，當時並未訂立售價標準。」

聽到米優大人這番話，藍登大人出言確認。

「也就是說，要是壓低販售價格，戈隆商會必須填補不足的部分？」

所以，戈隆商會才拒絕達馮商會的降價交涉嗎？

「並非如此。」

米優大人否定了這點。

「田裡農作物的一切權利歸於村長。因此，如果降低今年的售價，蒙受損失的會是村長。」

原來如此，那麥可會長為何拒絕降價呢？

「既然戈隆商會沒有損失，降價不是也無妨嗎？」

迪林泰德代表把我的想法講出來了。對於他的質疑，麥可會長給了個非常有衝擊性的回答：

「閉嘴，宰了你喔。」

…………

實在無法想像這句話出自魔王國第二大商會的會長之口。竟如此野蠻。而且，他難道不曉得周圍是什麼人嗎？魔王大人伉儷在場耶？講話別這麼粗魯比較好……

「達馮商會的代表。不好意思，能不能麻煩你暫時閉嘴？這個案子非常重要。我很清楚這點。」

魔王大人並未警告麥可會長，而是要迪林泰德代表退下。這個案子到底哪裡重要啊？完全搞不懂。

麥可會長繼續向魔王大人解釋：

「我就直說吧。基於戈隆商會的立場，不能因為答應降價而造成村長的損失。村長已經體恤我們的情況同意用物資支付，不能再讓他因此蒙受損失。」

「就不能為了避免村長蒙受損失而修改契約嗎？」

「這種話我沒辦法主動開口，就算說了他大概也不會同意。他是會就這麼接受虧損的人。」

「沒辦法嗎？」

魔王大人看向阿爾弗雷德少爺。

「如果是家父，就算蒙受損失，他大概也會說『契約就是契約』。想來不會同意修改吧。」

交易對象是阿爾弗雷德少爺的父親？換句話說，村長就是「五號村」的村長？既然對方願意接受損失，把損失推給他不就好了嗎？儘管我很想這麼說，但想到剛才的迪林泰德代表之後，還是忍住了。

「更何況，爸爸應該也不希望魔王國陷入混亂。」

烏爾莎小姐這麼說道，看向米優大人。米優大人則是一副「我就在等這一刻」的反應，接著說道：

「我也這麼認為。所以在此提議……關於糧價的部分，就按照契約讓村長承擔損失吧。只不過，希望能補償讓村長損失的部分。」

對於米優大人的提議，魔王大人想了一下。

「沒問題嗎？」

聽到魔王大人詢問，米優大人自信滿滿地回答：

「關於此事，我會向村長賠罪。放心吧。只要談起這段時間在『夏沙多市鎮』孤軍奮戰的經驗談，村長想必會接受。」

「我明白了，萬事拜託了。關於補償……」

「細節部分，容我稍後與藍登大人、雷格大臣討論，所以說……麥可先生。」

米優大人對麥可會長示意。

「戈隆商會願意與達馮商會腳步一致，為魔王國的發展做出貢獻。」

就這樣，戈隆商會同意降低收購農作物的價格。太好了。不過，花費很長一段時間交涉的迪林泰德代表顯得有點沮喪……呃，反正達馮商會平安無事，您就高興一點吧。

閒話　王都生活　米優篇　解決問題的背後

我的名字叫米優・佛格馬。為了在太陽城工作而誕生的墨丘利種之一。

不過嘛，那座太陽城已經改名為「四號村」，我也向外發展了。

一開始預定要管理傳送門，但是那道傳送門沒了，因此轉為文官工作。我認為這是個錯誤。

我被派去「夏沙多市鎮」支援「夏沙多大屋頂」的會計，不知不覺成了負責人。然後就是沒完沒了的文書工作……

你知道嗎？所謂的睡覺，指的是躺在床上，不是趴在桌上失去意識喔。

哎呀，變成抱怨了。不好意思。

可能是自己持續不懈地陳情要改善環境有所成果吧，後來終於湊齊足夠的文官，勉強讓工作順利運轉了。

嗯，很辛苦。真的很辛苦。

途中，培養的部下被露大人挖走時，我的精神差點落入黑暗面。此恨難以忘懷。何況她到現在還沒歸還那些部下。

目前，我在「夏沙多市鎮」的代官宅邸擔任秘書。

為什麼會這樣呢？

在「夏沙多大屋頂」享受餐點的時候，遇到伊弗魯斯代官。我們一起吃飯、一起在舞台上唱歌，不知不覺就被帶到職場了。

「聽說妳擅長處理數字？這個妳怎麼看？」

伊弗魯斯代官這麼說完，就把文件遞給我。這些是我能看的文件嗎？不過嘛，工作內容倒也不怎麼難，先從統一格式開始比較……可以這麼做？咦？真的？

因為工作上有餘力，不小心就接下來了。

唉，反正能得到一大堆「夏沙多市鎮」的極機密情報，也算有好處。加油吧。

就在我努力工作的某天。戈隆商會與達馮商會在伊弗魯斯代官宅邸進行交涉。

自己身為中立方，沒有多嘴。只是以伊弗魯斯代官宅邸成員身分在場旁聽。

儘管雙方已經交涉多次，卻完全沒有進展。原因我很清楚。

首先，戈隆商會。

達馮商會要求他們降低農作物的收購價，但是他們沒辦法降價。這一帶的農作物收購價已敲定，各項交易都會以此為標準。如果標準動搖，會對各方面造成影響，想來他們沒辦法接受降價提議。

相對地，達馮商會。

高舉「為了魔王國」這面大旗，強迫別人接受他們訂立的收購價格，這種做法誰願意點頭呢？

呃，這個嘛，考慮到可能與達馮商會為敵之後，大多數的人會點頭吧。但是，戈隆商會沒有退讓。他們不能退讓。

要是降低收購價格，損失最為慘重的人，就是擁有作物相關權利的「大樹村」村長。

以戈隆商會的立場來說，對方已經接受了自己用作物權利代替金幣和銀幣支付貨款的提議，不能再讓村長因為作物權利蒙受損失。

村長多半不會介意，不過周圍的人會採取什麼行動就很難說。儘管村長應該會壓下來……然而對於戈隆商會而言，賭這一把太過危險。

所以，戈隆商會沒有同意降價。

「大樹村」村長一事屬於極機密，因此無法向達馮商會說明。

戈隆商會的麥可先生雖然委婉地用種種方式強調有難言之隱，但是達馮商會的代表迪林泰德先生沒聽出來，反倒懷疑戈隆商會對魔王國心懷不軌。

就在陷入僵局的時候，比傑爾先生來了。

他要找的，正是戈隆商會的麥可先生與達馮商會的迪林泰德先生。

戈隆商會的收購價問題，似乎已經傳入魔王大人耳裡。將關係人士直接帶過去還真是粗魯，不過這或許是最快的解決辦法。咦？我也要？負責向伊弗魯斯代官報告是吧。了解。

比傑爾先生帶我們前往的地方，位於王都的加爾加魯德貴族學園境內。此處是住宅區的一角，阿爾弗雷德少爺他們的宅邸。

嗯～以阿爾弗雷德少爺他們的住處來說，有點小。

屋裡有……阿爾弗雷德少爺、烏爾莎小姐、蒂潔爾小姐、阿薩、厄斯，以及魔王大人、藍登大人、荷大人……還有幾個陌生人。

阿薩偷偷告訴我，那是魔王大人的夫人和達馮商會的黎德莉女士。還有混代龍族的梅托菈小姐。我記住了。

那邊是……魔王大人他們帶來的傭人啊。裡面有兩個像殺手的……魔王大人的護衛是吧。了解。

不過蒂潔爾小姐……怎麼了？擊掌？耶～

在擊掌的同時，她塞了張便條紙給我。

…………

上面寫著問題的來龍去脈，以及解決方案。呃，要我將局面引導成這樣？看來不是。要讓結果變成紙上所寫的內容是吧。

在商議過程中，蒂潔爾小姐又悄悄地將便條紙遞給魔王大人、阿爾弗雷德少爺、烏爾莎小姐、荷大人和藍登大人。啊，麥可先生也有。沒給達馮商會的人嗎？

嗯，畢竟最後會配合達馮商會的要求，達馮商會的利害關係就不用調整了吧。

我明白了。那麼最後這個占盡好處的角色我就收下了。不過，這麼一來手裡能夠對村長用的王牌就少了一張……蒂潔爾小姐，莫非這也是您的目的？

閒話 王都生活 蒂潔爾篇 餐會之後

我的名字叫蒂潔爾，可愛的天使族女孩。

戈隆商會的問題順利解決。可喜可賀可喜可賀。

畢竟爸爸和麥可先生很要好嘛。唉，問題就是契約不夠嚴謹，或者該說他們直接照口頭承諾做……

而且戈隆商會……應該說魔王國重視現金，所以對於信用交易這部分談得太簡單了。

爸爸沒針對這部分追究下去，一定有什麼深意。不曉得他的考量是什麼，真想知道。

由於正事討論完了，現在大家各自談笑。

阿薩和米優正在交換情報。這次的會談讓米優吃了虧，必須給她點補償才行。寫封信給爸爸稱讚米優吧。

哎呀，黎德莉。

代表先生往藍登大叔那邊走囉。代表先生是不是還不知道候選人少了兩個啊？不攔住他會不會出事啊？雖然為了讓黎德莉上位，此時不開口才是最佳選擇，但是達馮商會也很有可能遭受打擊。就像我重視村子和爸爸一樣，黎德莉似乎也很重視達馮商會，所以我提點她該出面制止。

咦？制止代表先生的人，是荷姊姊。

「雷格大臣。」

「站在向您借用女兒身分的珂涅姬特角度，我必須給您一個忠告。這次的事，照理說達馮商會沒有任何損失。應該沒有追究下去的必要。」

「確實沒有損失。但是，我也有面子要顧。若只因為沒有損失就照單全收，會讓我失去立足之地。更何況，也不認為補償一事對我方沒有任何影響。」

「哎呀，還以為達馮商會向來都是要其他商會把你們的要求照單全收？」

「一切都是為了魔王國。」

「那麼，這次的處理也是為了魔王國。你就這麼想吧。」

「…………那位村長究竟是何許人？」

「將迷宮薯帶給魔王國的人。只要記住他是我們的大恩人就行了。」
「迷宮薯……所以才會連魔王大人也那樣嗎？」
荷姊姊與代表先生談了起來，黎德莉無法插嘴，此時藍登大叔與麥可先生也加入了。
首先是藍登大叔對代表先生開口：
「迪林泰德代表。方才討論時，這位麥可先生用詞有些粗魯。他似乎想要為此致歉。」
接著麥可先生往前一站。
「剛剛討論時太過激動，一不小心就口不擇言，實在很抱歉。」
代表先生看來有話想說，但也只能接受藍登大叔的調解。
「請別在意。身為商人，彼此都該常保冷靜呢。」
所以，話中還是帶了點諷刺。不過嘛，這點程度的諷刺，麥可大叔應該會當沒聽到吧。
話說回來，黎德莉。要是再不告訴代表先生候選人少了兩個，藍登大叔就要問他囉。
趕快趕快……對對對，站到代表先生旁邊……肘擊？打的還是心窩？哎、哎呀，手段有點強硬也是不得已。畢竟是為了保護代表先生嘛。
家門外，葛拉茲大叔等人的烤肉會還沒結束。
魔王大叔與學園長走向他們。
喔喔，葛拉茲大叔的部下好興奮，後面的學生也是。不愧是魔王國的領袖。

這一點，我想就算是爸爸也比不上人家。畢竟爸爸不太站到台前。不過我們村子的體制應該不需要爸爸露面。所以不在這方面比較也沒關係。可不是我不服輸喔。

烤肉會場一角，厄斯和梅托菈正在炸豬排。也可說是處理掉多餘的份。即使如此，依舊大受歡迎。飯沒了，所以大家用麵包夾著吃呢。最好也夾點高麗菜……啊，比傑爾大叔拿高麗菜過來了。

不過，說要外帶的是怎樣啊？剩下的量沒那麼多喔。

咦？希望出借阿薩讓他擔任廚師？必須在王城接待他國的大人物？已在溫泉地見識過阿薩的廚藝？我倒是無妨……不過，可能還是需要向阿爾哥和烏爾姊確認過才能回答。另外，也得問本人。知道了，我去幫你們確認。

「不可以。」

「不行喔。」

這是阿爾哥與烏爾姊的回答。

咦～？我覺得沒關係耶？

「不，出借阿薩是無妨，但是這麼一來蒂潔爾就不能離開學園囉。」

「咦？」

「咦什麼。讓妳外出的條件，是妳要和阿薩綁在一起。既然阿薩不在，這樣也是理所當然吧？」

呃……阿薩本人呢？

「如果有需要，我是不排斥出差……但是『蒂潔爾小姐要交給誰顧』這點，恐怕會引發爭執。」

原來如此。

這個嘛，對我來說不出借阿薩也可以，但是這次比傑爾大叔出了不少力，我希望能有點回報。嗯～

數天後。

阿薩以廚師的身分到王城出差。

雖然不知道要接待誰，希望他好好努力。至於我，則是待在魔王大叔的辦公室。

「這份資料，讓我看到不太好吧？」

「沒差啦。話說回來，能不能幫忙把這份資料整理得更簡單易懂……」

「真拿你沒辦法耶。」

我在幫忙魔王大叔的工作。

當然，有條繩子把我和魔王綁在一起。

Farming life in another world.

Chapter,2

Presented by
Kinosuke Naito
Illustration by
Yasumo

〔第二章〕

烏爾莎的學園生活

01.加爾加魯德魔王國領　02.天秤山牢

1 艾基斯之日

不死鳥幼雛艾基斯，在地面進行模擬（空揮）戰。

躲開對手的攻擊、出招。牠出的當然不是拳頭。

鷲在旁守望。從鷲的反應來看，艾基斯的架勢好像不差。

相對地，巨蠶則是一邊回應周圍其他巨蠶及矮人多諾邦的聲援，一邊吃著世界樹的葉子。顯得遊刃有餘。

說是例行公事可能有點失禮，總之定期舉行的艾基斯對巨蠶之戰，即將開始。

不過究竟怎麼回事？如果是以往，戰鬥早已開始，這次卻還沒開打。

就在我這麼想時，哈克蓮帶著孩子們抵達。艾基斯上前迎接。

似乎是艾基斯叫來的。原來如此，在等孩子們啊。換句話說，艾基斯相當有自信。巨蠶沒問題嗎？

這是一場相當精彩的比試。

艾基斯裹著火焰衝鋒後發動分身攻擊，已經猜到的巨蠶則用絲線下結界。居然能用絲製造替身，相當不簡單啊。

巨蠶以絲結界進一步強化防禦，然後用魔法攻擊。攻防平衡抓得很好。

原本以為這回也會是巨蠶贏得勝利，但是艾基斯這次很努力。

牠吐出火球，火球碰上絲結界後炸開。艾基斯順勢鑽進此刻自己產生的影子裡，然後從同時形成的巨蠶影子裡現身。完美的奇襲。

「拿火球當誘餌，同時也將火球當成製造影子的工具啊。真是不簡單呢。」

「漂亮的影渡。」

在我旁邊觀看的文官少女組這麼說道。

她們講的影渡，應該不是變戲法吧？原理到底是……不，算了。就算詳細解釋我也聽不懂。

這場比試由艾基斯贏得勝利。

艾基斯，喙啄只有點到為止，很了不起喔。巨蠶老實認輸也很了不起，下次好好加油。

艾基斯在孩子們面前來了一趟勝利飛行，顯得心滿意足。

孩子們看來也是發自心底感到佩服。

「居然能將屬性上不適合的影渡運用到這種地步……我也要好好努力。」

娜特，別練習。

影渡不是什麼能簡單做到的事吧？小黑的子孫們和座布團的孩子們咻咻地穿來穿去。難道很簡單？

根據哈克蓮的說法，似乎不怎麼難……算了，我應該辦不到吧。

只不過影渡就和在地上打滾沒兩樣，所以會弄髒。這樣啊……艾基斯，要去洗澡喔。

艾基斯並不討厭洗澡。牠喜歡沖水，熱水也沒問題，就連溫泉也肯泡。

只不過要是長時間接觸水，有時會導致水溫上升。如果放鬆過頭，似乎就會這樣。

雖然只要注意就沒關係……但是在水裡泡久了就會忘記。

不久前，某次洗澡水放好後艾基斯進去泡，結果水變得很燙。那時費了不少力氣才降溫。

因此做了艾基斯專用的澡盆，讓牠泡水。

那是個一公尺見方、深度約十公分的木澡盆。我把澡盆擺在中庭，結果被雞群占據了。

一大群雞聚在那裡，艾基斯也沒辦法闖進去，於是我做了第二個澡盆。在製作的同時，也一併做了個高台。有三公尺高。這麼一來不會被雞搶走，艾基斯能悠哉地泡吧。何況還有鷲在旁守望呢。

為了注水得安裝專用幫浦有點麻煩，但我覺得還不壞。

「熱水可能會從高台往外灑出，這樣有點……」

鬼人族女僕們提出申訴，於是艾基斯禁止使用。

順帶一提，儘管不曉得三公尺的高度是怎麼克服的，不過雞還是爬上高台了。因此，艾基斯禁止使用，但是雞可以。

目前，艾基斯沖水和泡澡是用我的浴池。

「可以省下幫水加熱的力氣，只是冷卻要多花些工夫。」

浴池的水原本是由獸人族女孩和孩子們輪流用魔法加熱，不過大家也差不多都熟練了，似乎可以改為練習冷卻魔法。

儘管有人在意第一個泡澡的變成艾基斯，我倒是不怎麼介意。反正牠也不會把水弄髒嘛。

我信任會在進浴池之前先把身體沖洗乾淨的艾基斯。

艾基斯洗完澡之後，天色正好也暗下來，到了晚餐時間。

艾基斯和我在同一張桌子吃飯。牠以喙進食，動作優雅。

不過，看來只靠喙還是有極限，所以牠又用上腳，然後還有手……更正，是翅膀。真是靈巧。

就算艾基斯裡面躲了一個小小的人，我也不會驚訝。

吃完飯後，艾基斯往寢室移動。

牠雖然有專用小屋，但是最近沒在那邊睡覺。艾基斯自己在宅邸屋簷築了個巢。常見的鳥巢。

老實說，艾基斯就算自己蓋間小屋我也不會感到驚訝，看見普通的鳥巢反倒讓人嚇一跳。

牠會在巢裡睡，但並非總是在那裡。

像是下雨天就絕對不會。下雨天的隔天也不會。

不在巢裡時，就會在我的被窩裡。

…………被窩裡很危險，別鑽進來。看到有鷲在就曉得了。還有，鳥仰睡是怎樣啊？

不，你就安心睡吧。保持這樣就好、保持這樣就好～

儘管我這麼想，卻有一名鬼人族女僕溫柔地抱起艾基斯，將牠輕輕放到房間外的小黑背上。如果是冬天，小黑大概會窩在暖桌裡吧。

鷲也跟著艾基斯離開房間。

我向小黑、艾基斯與鷲道晚安之後，一名鬼人族女僕隨即關上房門。

2 仰睡與樹人

動物的睡臉能夠治癒人心。

特別是狗……不對，是狼。

有過好幾次在床上仰躺導致角把床單刺破的經驗後，小黑學會身體仰躺、頭轉向側面的睡眠姿勢。

雖然覺得不必拘泥仰躺到這種地步，但看牠睡得舒服，也就沒意見了。只不過會讓人擔心牠扭到脖子。

小黑的子孫裡，也有好幾隻是仰睡。牠們睡的地方是鋪稻草，所以就算仰躺，角也不會傷到什麼東西。頂多就是睡迷糊時角會撞上牆壁或地板而留下痕跡。

貓姊姊與小貓們很少仰睡。

會仰睡的頂多就是貓爸爸萊基耶爾。牠是高手，還會用枕頭。在這種狀態下，萊基耶爾睡得很熟，就算小貓們在附近鬧也能繼續睡。也因為這樣，牠睡著時偶爾會被小貓們踢到。起先還擔心會受傷，不過牠居然會用魔法防禦，然後就這樣繼續睡。也不知道是邊睡邊用魔法，還是睡前就施放防禦魔法，總之真是不簡單。

一想到牠或許有過什麼非這樣做不可的遭遇，不禁讓人鼻酸。

小貓們，萊基耶爾在睡覺，別鬧喔。這或許可以當成親子之間的玩鬧，但等萊基耶爾醒來再玩吧。

嗯？醒了就不行？會害羞？不是？女兒真難懂啊。

艾基斯仰睡是正常現象，我已經認定牠就是這種生物。

至於牛、馬、山羊和綿羊……沒見過牠們仰睡耶。我問了在牧場區工作的獸人族女孩們，好像也沒人見過。

唉，考慮到身體的平衡，牠們大概無法仰睡吧。呃，沒關係啦，馬。不用試著挑戰。會傷到身體。

原本以為仰睡的大概就這樣，結果還有蜜蜂。

以前提過的圓滾滾胖蜂后就是仰睡。起先還以為牠死了而嚇一跳。不過，事情並非如此，只是牠仰睡又睡得很熟罷了。

據說一開始是趴著睡，之後翻身才變成現在的模樣。周圍保護牠的兵蜂不好意思地向我道歉。不需要道歉啦。話說回來，那隻蜂后應該爬得起來吧？起床時會再次翻身？這樣啊。

圓滾滾胖蜜蜂不愧是蜜蜂，在動作上還是有些訣竅嘛。我正想誇牠，卻被兵蜂制止了。說是希望我別太寵牠。這樣啊。

巡完村子回到宅邸，發現小黑四待在玄關的裝飾用西洋棋前面。就是之前我拿小黑家族當模特兒雕出來的特殊版本。

小黑四看來很中意，一有空就會待在棋子前面。偶爾還會擺出和國王一樣的姿勢，我想，當成沒看到應該是種溫柔。好啦，貓姊姊們，別取笑小黑四了。

嗯？要我拿貓當模特兒做特殊版棋子？原來如此，妳們感到羨慕啊。行啊，不過國王要雕成貓爸爸萊基耶爾喔……喂喂，別馬上就變得沒興趣啦。

就在我打算為了製作棋子籌備木材時，卻被妖精女王逮到了。她還沒恢復原狀，依舊是大人版本。這個模樣不受孩子們歡迎，所以基本上好像很閒。這我是知道，但是拜託別纏著我要甜食。和鬼人族女僕說一聲，她們就會幫忙準備吧。

不久前鬼人族女僕們對於妖精女王還相當嚴格，現在卻寵到不行。理由……暫且不提。

「我想吃村長做的甜點嘛。」

這句話倒是很中聽。

我幫妖精女王做了糰子後，繼續籌備木材。

雖然作業場要多少木材都有，卻找不到感覺對的。畢竟那些感覺對的，大多數都變成神像了。

不得已的我只好往森林移動。有幾隻小黑的子孫跟著我擔任護衛。

我在森林裡看了不少樹，還是找不到感覺對的。可能要多花點時間？於是繼續往深處走。

……………

有樹人。

好大的樹人，足足有十公尺高。若問樹幹有多粗，在接近根部的地方……直徑有五公尺吧？看來不是「五號村」附近的樹人。無論如何，希望你放開擔任護衛的小黑子孫們。要不然，我只能用「萬能農具」把你變成木材。

……咦？這個樹人感覺不錯耶。雕成西洋棋有點浪費，應該能做成很出色的雕像。雕成女神像或許不錯。

可能是感受到我在想什麼吧，樹人放開了小黑的子孫們。既然沒有危害，我就不會出手。

嗯？你是來見樹精靈依葛的？

聽「五號村」周邊樹人講的？真虧你來得了這裡。知道了，帶你到依葛所在的「一號村」那裡吧。

……慢著。

樹人的移動速度有多快？既然那麼巨大，大概很慢……原本這麼想，但是和我走路的速度差不多，似乎還能比我快。要不是這樣，向「五號村」周邊的樹人打聽之後才啟程，應該還到不了這裡才對。

不過，好像只有在森林裡才能快速移動。即使如此也夠厲害了。啊，河流沒轍是吧。橋也一樣。會變得很慢啊？別在意，努力過河吧。

我將樹人帶到「一號村」讓他和依葛見面。

他們似乎是老朋友，感情很好……怎麼看都只是兩棵樹排在一起。算啦，當事人彼此了解就沒有問題吧。

我向「一號村」居民打完招呼準備回森林時，樹人給了我一根樹枝當成帶路的謝禮。喔喔，感覺很棒呢。

這根樹枝粗的地方約十五公分，長度有一百五十公分。以尺寸來說也很適合做成西洋棋。謝謝。

3 長老樹人

我拿著樹人的樹枝回到宅邸後，露和蒂雅都說想要。

看來，樹人的樹枝似乎是貴重品。早知道這樣，向「五號村」周邊見到的那些樹人要不就好了嗎？

「一般樹人的樹枝沒那麼稀有，長老樹人的才稀有。那是超貴重品喔。」

如此說道的露開始量起樹枝的尺寸。

原來那位樹人，是屬於「長老樹人」這個種族啊。帶路時我還一直喊他樹人，改天向他道歉吧。

「這個尺寸可以加工成法杖喔。」

「慢著，若要用這麼長的樹枝製作法杖，那其他材料也得湊些價值不菲的東西，否則配不上呀。」

「我想這個村子應該可以。」

「……湊得到呢。」

「那就表示沒問題了。」

露和蒂雅說完，就想把樹枝拿走。慢著慢著，這個要用來製作西洋棋的棋子啊。

「不能給我們嗎？」

因為感覺對了嘛。

長老樹人在「一號村」，去拜託牠不就好了嗎？對於我的提議，露稍微想了一下後回答：

「如果不認識的人要你把右手給牠，你會把右手交出去嗎？」

「不可能給吧，就算是認識的人也不會給啊。」

「就是這麼回事。」

原來如此，超貴重品啊。

可是，這麼一說就更不能給妳們了。不，並不是因為知道這東西有價值所以捨不得。我想這是因為我對長老樹人說自己在尋找製作西洋棋的木材，他才特地給我這根樹枝。既然人家給了價值與右手相當的東西，就不能把它用在別的地方。

「唔唔唔……」

「哎呀，露。我們就放棄法杖，將它當素材運用吧。製作棋子後剩下的部分與途中削下來的碎屑，我們拿走應該無妨吧？」

若是這樣，大概沒關係吧。

於是就這麼決定了。

我坐在大墊子上。

之所以坐在墊子上，是為了將木屑一點不留地全部回收。而且為了避免木屑飛散，自己周圍還拉起像牆壁的布幕。令人靜不下心。不過，那也是作業開始前的事。一旦開工，就不會再管墊子的事了。

我以貓一家為模特兒，開始將長老樹人的樹枝削成特別版西洋棋。

完成。

不知為何，以貓爸爸為模特兒的國王顯得無比神聖。以貓媽媽珠兒當模特兒的女王就不會這樣。

順帶一提，貓姊姊和小貓們是士兵。主教、騎士和城堡各二，合計六個。貓姊姊和小貓合計八隻，還差兩個位置。相對地，士兵正好八個。

貓姊姊和小貓們顯得很不滿……希望她們能忍一忍。然後，剩下的主教、騎士和城堡，則是照我的想像雕成別的貓。波斯貓、暹羅貓、美國短毛貓。嗯，很可愛。貓姊姊和小貓們攻擊我，認為我花心。

總而言之，棋子已經雕好，所以剩下的讓給露和蒂雅。削下來的木屑也都收集起來交給她們。雖然不知道要用在哪裡，希望妳們能好好珍惜。

然後，西洋棋就擺在宅邸玄關。嗯，不壞。滿足。

「欸，蒂雅。這些棋子是不是成了魔法的發動體？」

「的確是耶。而且那種魔力量……就算自己動起來也不奇怪。」

咦？這些棋子會自己動？

「對。不過，它們受到棋子的身分束縛，就算動也只會像棋子那樣……」

聽到我的疑問，蒂雅將棋子擺到棋盤上展示給我看。

……沒動啊？

「因為只有一邊呀。」

露將以小黑家族為模特兒的特殊版棋子拿來，擺到對手那一邊。

啊，動了。只有一個，而且遵從棋子的規則。

……在那之後就沒有動作。

啊，在等對手行動嗎？小黑四，稍微陪它們一下。

用長老樹人樹枝製作的貓型特殊版棋子會自己動。只不過棋力很弱……嗎？或許只是小黑四太強。

然而貓型特殊棋們大受打擊。儘管棋子們聚在一起討論的模樣很奇妙，畢竟是以貓為模特兒，看了不禁令人莞爾一笑。簡直就像貓的聚會。

早知道它們會自己動起來，我就不會拘泥於貓，而會多雕幾種……有點浪費呢。

「不，把長老樹人的樹枝雕成西洋棋已經夠浪費了。」

露這麼表示。

露和蒂雅將長老樹人的樹枝磨碎，再把木屑加進去，讓它們黏合成磚狀。然後將這些磚狀物體切成薄板。

就這樣做出二十塊板子。

每一塊板子都以古隆蒂的鱗片磨成的粉寫上文字，再用魔法固定，製成魔法道具。

「只要一片就能施展強力的治療魔法。不是用過就丟喔，可以用上五、六次。」

這還真厲害，我也能用嗎？

「是可以用，但是魔法技術高超的人來用比較有效。」

唔，真遺憾。

這二十塊魔法道具，分發到各村。

「大樹村」、「一號村」、「二號村」、「三號村」、「四號村」各兩塊。

剩下十塊發給「五號村」。

之所以給「五號村」比較多，是因為那邊的居民較多。如果考慮人口比例，可能該將二十塊全部給「五號村」，這部分就要請他們見諒了。

請在有個萬一的時候使用。

就像這樣，樹枝用完了。

給我樹枝的長老樹人，決定在「一號村」定居。不是村裡，而是北側的森林。

既然要定居，我便以「萬能農具」耕一片田地讓長老樹人扎根。他扎得很深，似乎再也不想動了。

以長老樹人來說這樣好嗎？按照他的說法，若能從土地取得充分的營養，似乎就不需要襲擊獵物。

不過他還晃了晃樹枝要我安心，表示不會讓周圍的敵對魔物或魔獸靠近。真可靠。

嗯？怎麼啦樹精靈？長老樹人移居過來讓妳們不高興？不是？

羨慕長老樹人有我特地準備的田地？妳們這些愛撒嬌的傢伙。就一小片喔。

於是我用「萬能農具」在「一號村」為樹精靈們闢了一片田地。兩百公尺見方。

「一號村」稍微變大了點。

日後。

為樹精靈們開闢的田地裡，出現許多小樹人。似乎是長老樹人的孩子們。

樹精靈們擋在我面前，表示現在小樹人雖然還派不上用場，但是他們將來會成為長老樹人。
不，我沒有要做什麼啦。畢竟他們進的是為樹精靈準備的田地嘛。
妳們會幫忙照顧對吧？那就沒問題。大家好好相處。
咦？為了讓長老樹人的孩子們成長，希望田地再大一點？
……………真拿妳們沒辦法，只有一點點喔。
「一號村」變得更大了。

4 模型

我用「萬能農具」將木板加工，製作模型。「五號村」正在計劃的地下商店街模型。雖然概念已經告訴他們了，但是有無模型應該還是相差很多吧。
只不過，製作模型比想像中還要麻煩。或許是尺寸搞錯了。寬六十公分，長兩公尺。應該做得小一點。不過，事到如今也不能放棄。
就在我考慮花時間慢慢修的時候，和山精靈們對上了眼。
有山精靈們幫忙，作業加速進展。應該早點拜託她們幫忙的。可是，地下商店街不需要陷坑喔。也不會有長槍射出來。這條水道是？水攻對策？呃，這是商店街不是堡壘啦。不過，考慮到下雨時的排水問題，水道這主意不壞。就留下來吧。

嗯？喔，這是軌道。要讓貨車在上面移動。

貨車是這些。我事先做的。分成在板子底下加車輪的板型貨車，與在箱子底下加車輪的箱型貨車。它們會在軌道上這樣移動……山精靈們的眼睛閃閃發亮。

不過，妳們應該也知道問題所在——是軌道，必須配合車輪間距鋪上整齊的雙軌，而且還要考慮車輪通過為軌道帶來的損耗。

地下商店街的軌道，會使用「萬能農具」加工的死亡森林木材，所以應該不成問題，但是其他地方要採用恐怕有困難。

「將軌道改為單軌怎麼樣？」

我也想過像單軌電車那樣做成一條較粗的軌道，然而考慮到地下商店街的通行問題時，就覺得有可能會礙事……不，慢著。像單軌電車那樣，用高架把它吊起來怎麼樣？這麼做必須確保上方的空間，所以得擴張隧道……強度層面的問題……看來會有。何況貨物掉下來也很危險。不要放在上方，放在下方怎麼樣？

得意忘形過頭了。

完成的模型，寬六十公分、長兩公尺、高一公尺，分為四層。大作。

而且我見過這種模型。這是大型購物中心，而且中央挑空。

差別在於一樓。

一樓有四條軌道並排。不是單軌，而是兩條一組的雙軌。單軌廢案是因為動力問題。若用人力推，單軌會因為阻力太大而變重。

相對地，一般的雙軌阻力就比較小。我已經用模型做過實驗，不會有錯。因此放棄高架，將軌道鋪在一樓。打算直接將整個一樓當成貨車的移動用空間。

貨車以四條軌道移動，將貨物運進商店。商店位於二樓、三樓，與四樓的側面，左右兩側之間以橋相連。

此外，每層樓也分別準備了不少移動用的階梯。可惜沒有電梯與電扶梯。

好啦，關於這個得意忘形做出來的模型。

儘管覺得應該會廢棄，但是都做出來了就想讓人家看。因此，我將模型拿到「五號村」，讓地下商店街計畫的關係人士看。

除了陽子以外，每個人都張大嘴巴一語不發。可以多給點反應嘛。真遺憾。

陽子說，希望能將這個模型暫時寄放在她那裡。反正也派不上用場，所以我答應了。

日後。

陽子一聲令下，地下商店街計畫做了大幅更動。據說是因為目前的計畫沒辦法做得和模型一樣。

他們似乎要按照模型來做。

呃……模型只是參考，有些不一樣的地方也沒關係啦。還有，把陷坑全部都填起來。基礎工程我會幫忙。

說完之後，就被帶往現場了。

現場位於「五號村」的半山腰。有些突出的部分。我們在這個突出的地方挖了個洞，開闢隧道。隧道長度約一百公尺。由於是我用「萬能農具」挖的，所以一路筆直。隧道寬六公尺，足以讓兩輛馬車交會。

地下商店街的計畫，是考慮到要將這條隧道有效利用而推動的。

如果講得精確一點，應該是「隧道商店街」而非「地下商店街」，但我一開始說的是地下商店街，所以名字就這麼定下來了。

雖然計畫源頭是將隧道有效利用，陽子卻從中找到解決「五號村」問題的一線曙光。

「五號村」的問題就是土地不足。「五號村」住在小山上，所以能夠蓋建築物的土地有限。儘管建村初期已在某種程度上確保了重要設施的用地與道路，但是移居者增加的速度比預期快，這些移居者的建築潮突顯了土地不足的問題。

原本打算利用山腳解決土地不足的問題，但不知為何居民們傾向住在小山上，所以沒什麼效果。不僅如此，住在高處還成了地位的象徵。而且「五號村」的建築難以重蓋。

建築蓋在斜坡上，道路什麼的都很窄。擴建改建都難，若對居處不滿只能考慮搬家。這種狀況下，難以在山腳以外的地點開新的餐飲店或商店。

原本地下商店街計畫是用來解決這種狀況的……蓋成大型購物中心沒問題嗎？不，隧道擴張不成問題。空間已經計算過，要容納是綽綽有餘。至於通風、換氣、照明這些部分，原本挖隧道時就已安排好對策。

……說不定可行？如果是這樣，就讓我想安排電梯和電扶梯了。畢竟上下移動很麻煩嘛。構造上不難，問題應該在於安全性和動力。

我一邊思考電梯和電扶梯的事，一邊繼續擴張隧道。

順帶一提。

模型不止一個。一來經過多次試誤，二來也兼做實驗，所以我做了另一個類似的模型。

完成度是拿去「五號村」的比較高，但說到玩心應該是留下的這個比較重。

關於這個模型，座布團的孩子們十分中意。牠們一隻隻鑽進那些預定開店的空間。看牠們過橋時輕鬆寫意的模樣，簡直就像生活在裡面。

至於貨車……這個模型裡，還能看到座布團的孩子們坐進單軌貨車裡玩。不可以吵架喔，輪流、輪流。

模型旁邊，把頭鑽進試作的箱型貨車卻拿不下來的貓姊姊米兒，發出難為情的聲音向我求助。

5 特產

「五號村」的地下商店街工程緊鑼密鼓地進行。我只負責努力擴張隧道。啊，為了避免坍塌，不能忘記用「萬能農具」補強隧道。擴張時有個要注意的地方——因為需要高度，所以必須從上面開始挖。

我挖得很順利。嗯，看來還要花不少時間，慢慢來吧。

只做了盒子卻沒有內容物可不行，於是打算為「五號村」想些特產。

告訴陽子之後，她一臉意外的表情。我講的話有那麼奇怪嗎？

並非如此。好像是「五號村」已經有特產了。

美乃滋、味噌、醬油等調味料。名為「五號村酒」、「五號村酒改」的酒。住在「五號村」的矮人們打造的鐵製品。住在「五號村」的精靈們編織的紡織品。「五號村」與周邊村莊所飼養的雞肉、雞蛋、牛肉、豬肉、山羊肉與綿羊肉，以及在「五號村」附近討伐的魔物與魔獸素材。
這些東西，似乎任何一項都足以當成村子或城鎮的特產。
而且，文化面還有藥草院、圖書館、劇場、大浴場、活動設施與棒球場，每一處都有特地為此來訪的旅客。
最受歡迎的是圖書館。
當初只是用來擺放記錄各地故事的書本，幾乎沒人利用。因為識字的人少。
於是有了圖書館的朗讀活動。為了讓孩子們對書本和文字產生興趣，也有人朗讀較為簡短的故事給孩子們聽。概念原本只是這樣，結果大受歡迎。不止小孩，連大人也會來聽。
既然如此，圖書館也就在朗讀方面下了更多工夫。會由多人分攤讀書的角色，再加上照明與效果音的演出。這麼一來，就得挑些容易讀的故事，然而數量當然有限。
於是，圖書館開始創作故事。
研究各地受到喜愛的故事，然後創造聽眾喜歡的故事。當然了，並不是每個故事都受到歡迎，也有些評價不佳的。但是這些都會化為營養，讓新的故事繼續誕生。接著聽到此地在進行這種活動之後，各地以創作故事為樂的人便聚集到這裡。
現在，「五號村」的圖書館在故事創作上已經被視為一大集團。

順帶一提，之所以蓋劇場，好像就是因為朗讀活動興盛。

儘管劇場還在發展，似乎已經開始有人專門在劇場表演了。

不僅如此，「五號村」還在興建學園、競賽場與地下商店街。

學園是以「五號村」居民為對象，應該不太會受到外來影響，但是競賽場另當別論。為了參加在競賽場舉行的競賽，還有以競賽為對象的賭局，大概會湧入更多人。

地下商店街雖然和學園一樣是以「五號村」的居民為對象……然而會如何發展實在很難說。在「夏沙多市鎮」建立的「夏沙多大屋頂」，原本是以「夏沙多市鎮」居民為目標客群，如今人潮似乎已從魔王國各地湧至。

即使沒辦法說會變得一樣，但是要預測結果想來很困難。

「其他還有拉麵這樣的強力美食、有聖女所在的教會，還有以畢莉卡為中心的警衛隊。已經有這麼多，居然還想要創造新特產？」

聽到陽子這番話，我老實地道歉。

原本以為多個僅限「五號村」才有的商品會更好，結果比想像得還要誇張。太天真了。呃，我只是想做點別的食品而已。知道豆皮吧？本來打算用那個做豆皮壽司。

豆皮壽司就是……將豆皮切成三角形，煮成甜味……像這樣把醋飯……就是沾了醋的米飯。把醋飯放進去就完成。

為了道歉，我做了三個給陽子。

「原來如此……很好吃。而且吃起來很方便。」

「豆皮的材料大豆，以及裡面醋飯用的米，這兩樣東西在『五號村』都有推動生產吧？豆皮壽司以特產來說或許弱了點，但是能在滷煮時的口味調整和醋飯改良上營造特色。另外，也不限於醋飯，放進雜煮飯、義大利麵、年糕之類的也能產生變化，要符合居民各自的喜好應該不難……看來現在的『五號村』不需要啊。」

「村長，別說那麼壞心眼的話。」

於是我們決定生產豆皮壽司，並將它當成「五號村」的特產。

只不過，要大力推廣則要等到大豆與稻米生產上軌道。在這之前，頂多就是擺在「五號村」村議會的餐廳。

「我要動用代理村長的權限，先確保一盤。」

「太奸詐啦。就算是代理村長也該好好排隊。畢竟喜歡豆皮壽司的人是真的超愛呀。」

「原來如此。那麼，就動用代理村長的權限把我的午餐時間提早一點吧。」

「陽子大人，看來您無論如何都要確保豆皮壽司。」

「不知道為什麼，我對這東西格外中意呢。」

雖然好像很受歡迎……不過出名似乎還需要些時間。

閒話　王都生活　烏爾莎篇　刺客

我的名字叫烏爾莎。哈克蓮媽媽和火樂爸爸的孩子——烏爾莎。

除此之外什麼都不是。

目前我在魔王國的王都生活。住在一起的有弟弟阿爾弗雷德、妹妹蒂潔爾、阿薩、梅托菈，還有我的專屬管家厄斯。

原本預定由娜特一起來，但是在我的運作下換成了蒂潔爾。我向娜特道歉，不過她對於換人這點意見相同，選擇協助。因為只靠我和娜特要壓制阿爾弗雷德有點難。

娜特告訴阿爾弗雷德換人是為了壓制我，讓他去說服爸爸……不過阿爾弗雷德也就算了，連爸爸也認同，讓我有點難以釋懷。

不過呢，結果良好。因為我和蒂潔爾兩人就能壓制阿爾弗雷德嘛。

原本的計畫是這樣，但是蒂潔爾連著好幾天都丟下我們去王城。

明明已經將蒂潔爾的任務告訴她了，該不會忘了吧？有可能。

阿薩和厄斯也因為工作常常不在，戰力相當缺乏。梅托菈雖然很強，卻不適合壓制。

既然如此就不得已了。為了避免阿爾弗雷德失控，我得好好盯著。

因此，我也發現了刺客。好像是五人組？實力很弱。但是或許會用毒。不能掉以輕心。於是派梅托菈去處理。

這五人組自稱是達馮商會僱用的刺客。雖然殺手的話不能相信，不過這部分就交給蒂潔爾吧。這麼一來就能放心了。

即使很想這麼講，然而還有其他刺客。不過不知道他們在哪裡，只曉得有殺氣，毫無疑問是刺客。實力看來遠勝五人組。

目標……不只是我，也包括阿爾弗雷德。絕對不能放過他們。

努力了三天左右，還是不行。

不知道他們在哪裡。感覺很煩。

但是我沒有大鬧。我已經長大了。

向葛拉茲大叔要求增援，他便派了專門對付刺客的部隊過來。

「抓到了，是雙人組喔。」

這是葛拉茲大叔的報告。

太好了。殺氣也消失了。可是，為什麼會盯上我們呢？

「啊～有點難以啟齒，好像是因為你們和露露西女士有關係這點穿幫了。」

「露媽媽的？」

「不久前，她出手治好了某個國家的王族。似乎是與那個王族敵對的組織派人過來報復。」

「因為報復而盯上我們？」

「要找露露西女士下手，不太實際吧？」

「針對小孩就比較實際？」

「如果針對小孩，就算失敗也能造成傷害嘛。」

「是這樣嗎？」

「就是這樣。要是知道你們被盯上，露露西女士會擔心吧？」

「可能會大發雷霆，然後殺進對方的國家呢。」

「明明能料想到這點，我卻不能不向村子報告。妳明白我的心情嗎？」

「只要別說不就好了嗎？這麼一來，就不需要讓他們操多餘的心了。」

「若要我來說，這大概是最糟糕的處理方式。」

「我知道。那麼，當成我們沒發現刺客怎麼樣？」

「意思是，當成刺客是我們處理掉的？」

「實際上也是吧？如果是這樣，露媽媽的反應也不至於太嚴重。」

「或許是這樣，不過……嗯……」

「我們想過安穩的生活，但不想在許多護衛的保護之下生活。」

必須讓爸爸、媽媽承認我們已經能獨當一面才行。

要不然，離開村子來到這裡就沒意義了。

「拜託你，葛拉茲大叔。像這次一樣無法應付的時候，我們會找你商量。」

「……我明白了。但是報告不能造假。刺客這部分，我會說是烏爾莎發現的。同時也會把妳的心意告訴她，請她別把事情鬧得太大。」

「爸爸那邊呢？」

「啊～那就要看露露西女士了。」

「就說了不想讓他們擔心啊～」

可能是因為葛拉茲大叔的報告吧，高等精靈莉格涅女士也加入護衛陣容。

莉格涅女士是莉亞媽媽的媽媽。所以，她應該是莉格涅外婆，但是這種話不能說出口。

莉格涅女士加入護衛陣容，但不會露面。類似暗中保護那種感覺。不過偶爾會和我們一起吃飯。

莉格涅女士在家裡時，戈爾哥他們常來。因為要向莉格涅女士學習弓箭的用法以及冒險者心得。我也有學。

阿爾弗雷德也跟著聽，不過他對冒險者之類的有興趣嗎？如果要問適不適合，我是覺得他不太適合……但沒說出口。因為爸爸提醒過，不經意的一句話有可能造成很嚴重的心靈創傷。

我沒有大意，是對方技高一籌。數小時前，冒險者公會把莉格涅女士和戈爾哥他們叫過去，說是北方森林有陌生魔獸出沒。莉格涅女士原本打算以擔任我的護衛為理由拒絕，可是我和阿爾弗雷德都對陌生魔獸很感興趣。於是阿爾弗雷德、莉格涅女士、戈爾哥、席爾哥、布隆哥和我六人離開學園，經由草原往北方森林移動……

對方就在這時動手。

我們遭到約三十個混混襲擊。不過，他們不是莉格涅女士的對手，三兩下就打垮了。

這些混混放著不管不太好，卻也不能殺掉他們。為了押送這些混混，戈爾哥、席爾哥和布隆哥三人折返王都。

就在我們思考該怎麼辦的時候，又來了一批。同樣是三十個左右的混混，不是莉格涅女士的對手。不過，我和阿爾弗雷德的護衛變薄弱了。

這就是對方的目的。

一個身材修長，商人打扮的男性現身。由於看起來不像混混，讓人擔心他是不是遭到牽連，但就在這時對我們丟出飛刀。有六把。我三把、阿爾弗雷德三把。

我躲得掉。但是，阿爾弗雷德沒辦法。所以我抓住飛過來的三把刀，扔向飛往阿爾弗雷德的三把。成功。同時，自己的腹部閃過一絲痛楚。第七把飛刀？它刺進我的側腹。

阿爾弗雷德大叫。放心，這點小事算不了什麼。
「阿爾弗雷德快逃！」
「我知道！」
他拔腿就跑。
阿爾弗雷德和我受到的教育，告訴我們這種場面不能拖拖拉拉。只有舞台上表演的故事，才需要有人留在現場發出擔心的慘叫。實際上這種人只會礙事。
更何況，對手很強。遠比混混厲害得多。但是，如果不強求打倒對方的話還能應付。撐到莉格涅女士打垮混混回來，肯定……不想聽到的慘叫聲響起。
往慘叫的方向看去，發現逃跑的阿爾弗雷德碰上埋伏，遭到包圍。然後這群人射出的無數箭矢，貫穿了阿爾弗雷德。
…………
我沒有大意，是對方技高一籌。失敗。
不過，反省之後再說。
我無視眼前商人打扮的男子，出聲呼喊正在應付混混的莉格涅女士，然後全力逃跑。至少必須離開現場。
阿爾弗雷德要大鬧了。
阿爾弗雷德中箭身亡？那點程度怎麼可能殺得掉他嘛。看吧，他的身體變稀薄了。那是霧化。一旦變成那樣，什麼物理攻擊都沒有效果。我覺得很奸詐。

那種狀態沒辦法攻擊。不過，只是阿爾弗雷德自己無法攻擊，攻擊方法要多少有多少。

明明身體已經霧化，卻不自然地留在原處的阿爾弗雷德影子逐漸擴大。

一群影子士兵從裡面冒出來。那些影子士兵，會不分青紅皂白地攻擊影子士兵以外的存在。以前，阿爾弗雷德曾經在村裡叫出來過，被爸爸狠狠罵了一頓。後來他一直封印起來沒用，但是現在的狀態就管不著了。

「怎麼回事？」

我回答莉格涅女士的疑問。

「阿爾弗雷德遭到攻擊就會霧化……他還無法好好控制霧化狀態，或者該說一霧化就會失控。」

從阿爾弗雷德影子裡冒出來的影子士兵，殺向圍住阿爾弗雷德的那批人。

影子士兵雖然不怎麼強，卻執拗又不會手下留情。所以，這樣下去不行。那些襲擊我們的人老實說根本無所謂，但是阿爾弗雷德事後或許會介意。

然而如果輕率靠近，我們也會成為攻擊對象。當初就是為了這種場合才要蒂潔爾同行的，偏偏她不在，真是失策。

啊，莉格涅女士，弓箭對影子士兵不管用。即使似乎能造成傷害，直接用揍的比較有效。

影子士兵也撲向那個商人打扮的高個子男性。

高個商人打扮男性雖然打倒了影子士兵，影子士兵卻接二連三冒出來，很快就將他淹沒。這人對我丟飛刀，所以希望能讓他受點教訓，不過這樣下去……

莉格涅女士對付的那些混混，也紛紛被影子士兵撂倒。就在我們不知該如何是好的時候，阿爾弗雷德的影子又有了動作。他不再製造影子士兵，開始用影子建立某種魔法陣。

「阿爾弗雷德打算做什麼？」

莉格涅女士擔心發問，於是我為她解釋：

「呃，似乎是要呼喚事前已經訂立契約的對象。」

「召喚魔法嗎？他要叫什麼出來？」

「不知道……如果能溝通就好呢。」

失控的阿爾弗雷德呼喊召喚對象的名字。

身影從影子魔法陣裡出現。我也喊出對方的名字：

「小黑一！」

閒話 王都生活 烏爾莎篇 背叛

阿爾弗雷德叫出來的小黑一，放聲大吼。

空氣為之震動。會不會影響到王都啊？情況不太妙。
不過，幸好召喚出來的是小黑一。牠很冷靜，不會沒弄清楚狀況就大鬧。啊，阿爾弗雷德霧化了，牠應該看得出來是遭到襲擊吧。小黑一讓身體變大，一副「嗯，這樣應該夠了」的模樣。是戰鬥模式。
畢竟小黑一以前就很疼阿爾弗雷德。但是，這樣下去不妙。
「莉格涅女士，把我的武器給我。」
我沒拿武器。出門前交給莉格涅女士保管了。因為拿在手上就會想揮。
為了避免在「五號村」的失敗重演，我身上不帶武器。區區刺客就算沒劍也應付得了。
但是太天真了。以後不會再這麼大意。
「妳要的話我就給，不過這樣好嗎？」
「因為空手壓制不住小黑一。」
「……看來如此。需要掩護嗎？」
「用不著，因為只是要說服牠而已。」
我握住莉格涅女士遞來的劍。爸爸送的劍。這把劍是加特大叔配合我現在的體型打造，所以非常順手。而且一拿著劍，就會有種無所不能的感覺。糟糕，忍不住笑出來了。
我走到小黑一面前……在那之前，先以劍指向地面。
「莉格涅女士，那邊還躲著一個，拜託妳了！」
對我丟出第七把飛刀的人，應該躲在地下。沒錯，第七把不是來自那個高個子商人打扮的男性。他是誘餌。從對方隱藏的巧妙程度來看，實力大概很不錯，但是交給莉格涅女士不會有問題。

就在我移動時，小黑一已經撲向襲擊阿爾弗雷德的那批人。

那一批大約二十個人。裝備齊全。不是什麼山賊，應該是某個組織養的武裝集團吧。遭到影子士兵攻擊還能維持戰意，看得出他們訓練還算精良。

小黑一的衝鋒撞飛好幾個人。

不過，武裝集團似乎想要抵抗。他們究竟是不明白戰力差距，還是幹勁十足？無論如何，試圖對抗憤怒的小黑一實在很愚蠢。

這些人攻擊阿爾弗雷德，有什麼下場我都不在乎……但是，殺人會讓爸爸難過。所以在動手時儘可能不殺人。

我揮劍砍向小黑一的肩膀。小黑一注意到這一劍，往旁邊逃開，然後露出獠牙企圖反擊……接著停下動作。大概是認出我了吧。太好了，要把握機會。

「小黑一，不能殺人喔！爸爸會難過！」

聽到我這幾句話，小黑一輕吠一聲回應。

很好，這麼一來就能把武裝集團交給牠處理。

再來只剩阿爾弗雷德……霧化的阿爾弗雷德，不知不覺間已經裹上一層影子。

什麼時候的事？現在沒時間驚訝。

「阿爾弗雷德，快醒醒！」

我揮劍砍向裹住阿爾弗雷德的影子。

數道影子伸出來撲向我，但是動作還太嫩，我把伸過來的影子全砍斷，一腳踢向影子裹住的部分。

有股彈力反彈。

既然如此……我用劍砍向影子裹住的部分，同時注意別傷到裡面的阿爾弗雷德。

………太遲了。

一名男性從砍破的影子中現身。年紀約二十歲吧。他身穿影子形成的衣服，站在空中。

「吾乃黑暗之王！」

他是長大之後的阿爾弗雷德。

阿爾弗雷德單手遮臉，擺個裝模作樣的架勢後開始攻擊武裝集團。還對小黑一下指示。小黑一……還好，牠有聽我的話手下留情。

阿爾弗雷德的攻擊……很有威力卻打不中。我明明一直告訴他要多練習的。算了，現在這樣正好。

我全力逃跑。那種狀態的阿爾弗雷德，說實話很麻煩。即使攻擊有用，卻會立刻恢復。幾乎無敵。

不僅如此，還會連發魔法。

他面對武裝集團都用些看起來很華麗的魔法才會打不中，如果改用些以打倒對手為目標的魔法，那就束手無策了。有好幾種手段能夠壓制那種狀態的阿爾弗雷德，但是現在的我只有「對阿爾弗雷德造成重大傷害」這個辦法。想避免這麼做。

和莉格涅女士會合，全力逃向王都叫蒂潔爾過來吧。就在我這麼想時，從王都的方向有批人馬掀起煙塵奔來。

全都是騎兵。總數超過兩千。看旗幟是魔王國正規軍。他們是來逮捕襲擊阿爾弗雷德的武裝集團嗎……不是。

騎兵集團將小黑一當成敵人發動攻擊。居然是這樣啊。

小黑一雖然沒受到什麼傷害，卻導致阿爾弗雷德自動將這批騎兵認定為敵人。

「竟敢攻擊吾友，一群蠢貨！」

阿爾弗雷德放出看起來很華麗的魔法攻擊騎兵集團，造成誇張的爆炸。對方數量那麼多，要打不中恐怕還比較難。

只靠兩千騎兵大概很難攔住阿爾弗雷德和小黑一。

而且阿爾弗雷德又開始製造影子士兵了。這樣下去損傷會變得更嚴重。必須快點把蒂潔爾叫來。

「只要蒂潔爾在就能解決嗎？」

對於莉格涅女士的問題，我用力點頭。只有蒂潔爾能用比較溫和的手段讓那種狀態的阿爾弗雷德鎮定下來。

「那麼，看來沒問題了。」

莉格涅女士視線的前方……是從王都來的正規軍。總數超過一萬。看來兩千騎兵是先鋒。

起先我還怕這批超過一萬的軍隊來支援兩千騎兵會很麻煩，不過是白擔心了。這支萬人大軍前面騎著馬領頭的是魔王大叔。而且，魔王大叔背後是蒂潔爾，她向我們揮手。

「阿爾哥的那個發作了？」

在我說明之前，蒂潔爾已經明白是怎麼回事。能省下力氣真是太好了。

「對，所以麻煩了。」

「既然是烏爾姊拜託就沒辦法啦。」

我請魔王大叔放開蒂潔爾。

只要解開腰間上的繩子，再把她放到地上就好。腳踩到地上的蒂潔爾跑向阿爾弗雷德。

阿爾弗雷德和小黑一……看來已經撂倒兩千騎兵了。他們看著魔王大叔背後那支超過萬人的大軍，顯得無所畏懼，一副來多少都奉陪的架勢。

「烏爾莎啊。讓蒂潔爾一個人過去沒問題嗎？」

魔王大叔擔心地問。

「放心啦。」

證據就是，蒂潔爾向阿爾弗雷德單膝跪下開口：

「偉大的兄長，我蒂潔爾站在您這一邊！讓我們一起收拾掉那支軍隊吧！」

…………

「呃……烏爾莎，看起來蒂潔爾要來個盛大的背叛耶？」
「演戲啦。」
蒂潔爾詠唱咒文，將自己周圍的地面變軟。
接著軟化的地面隆起，塑造形體。
魔像。不是普通魔像，而是全長十二公尺的超巨大魔像。
「那是演戲嗎？」
「演戲啦。」
蒂潔爾能創造的魔像，就只有這尊超巨大魔像。而且一次只能創造一隻。儘管如此，她沒辦法讓魔像做出精密動作，只能單純地前進與打倒敵人。而且創造時不用說，就連創造出來之後，蒂潔爾也得持續接觸地面，否則無法維持魔像。
明明一堆弱點根本派不上用場，創造時卻會將一大片地面都牽扯進去，在村裡召喚而毀掉爸爸的田地時真的很慘。
這個魔像雖然問題很多，卻有一個方法能克服弱點。那就是讓蒂潔爾以外的人來操縱。但是，要讓別人操縱蒂潔爾創造的魔像極為困難。原本以為不可能，然而厄斯將它化為可能。
厄斯原本是土人偶。可能就是因為這樣，和蒂潔爾用土做的魔像契合度很好。厄斯鑽進蒂潔爾創造的魔像裡，能讓魔像變得可以操縱。一加上厄斯，蒂潔爾的魔像就能像活物一樣行動。
「要讓厄斯搭上去偷襲嗎？他不在這裡喔。」

魔王大叔東張西望，但是沒看到厄斯。我知道。接下來才是重點。

知道厄斯能進去操縱魔像之後，就有人在想，是不是其他人也能搭乘。那個人就是阿爾弗雷德。換句話說……

「哥哥，合體吧！」

蒂潔爾的魔像打開胸部，引誘阿爾弗雷德入內。

在魔像胸前，有個足以裝進一個大人的空間，還有椅子。阿爾弗雷德大笑著坐到魔像裡。接著魔像關起胸部。

「好，隔離完畢。」

蒂潔爾就這樣把阿爾弗雷德關在魔像裡。

坐進去雖然能夠操縱魔像，但是要有創造主蒂潔爾的許可。

可能是因為厄斯搭乘魔像的樣子很帥氣吧，阿爾弗雷德中這招的機率高到讓人擔心。這已經是第三次了。

閒話　王都生活　烏爾莎篇　朋友

不知所措的小黑一在魔像周圍轉來轉去。

「那樣就行了嗎？」

由蒂潔爾回答魔王大叔的問題。

「單純比魔法我贏不了阿爾哥，但是比魔像的強度就不會輸，放心吧。」

實際上大約二十分鐘就能逃出來，不過到時候阿爾弗雷德已經冷靜下來了。

「話說回來，軍隊的人還好嗎？」

「嗯，因為他們似乎有手下留情。」

蒂潔爾是擔心那兩千名先趕到的騎兵。雖然是蒂潔爾得知有批人盯上我們才派他們過來，但他們攻擊了小黑一。

「聽說北方森林有陌生的魔獸出現，可能誤認了吧。」

蒂潔爾對於自己的失算稍做反省。

實際上，她在聽到小黑一的叫聲之前就已下令出發，聽到小黑一的叫聲後趕緊喊停卻來不及了，這才連忙召集一萬士兵追上來。如果要面對小黑一，就算召集一萬士兵也沒意義吧？

「我無法想像烏爾姊、戈爾哥他們三個與莉格涅女士都在，還會發生讓阿爾哥呼喚小黑一的狀況。必要的時候，人數就是力量。」

話是這麼說沒錯……不過這麼說來，妳沒和戈爾哥他們會合嗎？他們已經向王都移動了耶？

「我拜託他們和厄斯一起處理別的問題。」

「出了什麼事？」

「差不多有三個地方貴族聽了他國的甜言蜜語後造反。」
「這樣沒問題嗎？而且妳還帶了一萬士兵過來耶？」
「對於魔王大叔來說，阿爾哥和烏爾姊應該比貴族叛亂更重要吧。」
「是這樣嗎？」
「就是這樣。關於叛亂，事前已收到情報，應該不要緊。何況厄斯和戈爾哥他們也過去了。」
「很近嗎？」
「因為很遠，所以是比傑爾大叔送他們過去。」
「原來如此。」
「根據收到的情報，他們似乎打算也在王都鬧事。所以，我讓本來該留在西邊那座城的正規軍到王都待命，結果移動到這裡來了。」
「這樣好嗎？這種狀況本身就是誘餌的可能性呢？」
「啊哈哈。他們預定在王都做的，似乎是用巫妖鬧事喔。」
「巫妖…………喔，不久前厄斯解決的那個。」
「就是那個。考慮到或許還有別的騷動，葛拉茲大叔和阿薩留在王都監視。」
「很想說原來如此……但我們是不是被當成魔王國的戰力了？」
「請說成是我們賣人情給魔王國。對吧，魔王大叔？」
「是啊。」

魔王大叔看著獲救的兩千騎兵。這兩千騎兵雖然無人死亡，但有很多人受傷。至於馬……沒事。該誇獎小黑一。

還有，蒂潔爾大概就是為了這種時候才賣人情吧。

「真是抱歉，沒想到會有這麼多人襲擊你們。」

魔王大叔再次向我們道歉。

關於這些襲擊者或者刺客，其實我們事前就有得到魔王大叔的通知，說有不止一個組織盯上我們。

原本窩在學園裡才是正解，但是不久前出現的殺手已經混進學園裡。等待下去反而不利。更何況，或許會危害到其他學生。我們希望避免這種情形。

既然如此，那要回到安全的村子裡嗎？這點我們也想避免。

不是不想回村，而是馬上回村很丟臉。

更何況，儘管爸爸應該會溫暖地迎接我們，但是媽媽們呢？在自己能力不足的時候該怎麼做，她們也教過我們。

為什麼不能實踐所學、區區刺客都處理不掉——感覺會被這樣責備。

那該怎麼辦？把刺客引出來。

於是，我們才往北方森林移動……只是我也沒想到，會釣出那麼多人。

「襲擊者大多數都是達馮商會候選人……基林格和馬斯昆德那邊的人喔。」

蒂潔爾為我們解釋。

「基林格和馬斯昆德，就是和蒂潔爾有糾紛被逮捕的那兩個人？」

「對。那兩個人，底下各自都有規模和戈隆商會差不多的勢力喔。」

喔～我不知道戈隆商會的規模，所以隨便點頭敷衍一下。

「因此，他們底下都有不小的武裝組織，該說這些人失去控制或是……」

「基林格和馬斯昆德被逮捕讓他們無法接受？」

「要是爸爸被抓住，我們也會大鬧一場吧？」

要是爸爸被抓住？

「烏爾姊，這只是舉例，拜託別散發殺氣。很恐怖。」

…………對不起。

「呃，於是這些人失控了，或者該說有人讓他們失控——用來代替巫妖。」

「所以才會襲擊我們。」

「對。所以，要怎麼做？」

「怎麼做是指？」

「既然被盯上了，就得反擊才行。」

「話是這麼說沒錯，但是不知道阿爾弗雷德怎麼想啊。」

從魔像裡出來的阿爾弗雷德，已經變回平常的大小。啊，他用雙手把臉遮住蹲下來了。

「真想消失……」

失控時的事，阿爾弗雷德全都記得。換句話說，那些難堪的言行他都記得。

該說幸好嗎？阿爾弗雷德還保有會覺得那種言行很丟臉的感性，所以失控之後通常會這樣。復活大概需要花上十天左右吧。

「阿爾哥，放心啦。始祖先生也說過，年輕的吸血鬼都會這樣。啊，你看，座布團幫你做的眼罩，要戴嗎？」

蒂潔爾，別再追擊了。阿爾弗雷德，那個是用來遮罩眼的，要是把兩邊的眼睛都遮起來，就只是把眼睛矇住而已。不要逃避現實。

總而言之，阿爾弗雷德。沮喪之後再說，先決定方針。

「方針？」

「嗯，要怎麼處理那些襲擊我們的人。」

「方針啊……」

「怎樣都行喔，我們會遵從你的決定。」

「真的？」

「我有騙過你嗎？」

「沒有。」

「對吧。」

「那麼……當成沒發生過。」

「當成沒發生？」

「嗯。這次的事件，全都當成沒發生過。啊，對烏爾姊肚子丟飛刀的人另當別論。要處以死刑。」

「啊哈哈哈哈哈。那個該誇獎對方啦。躲藏和投擲時機都很完美，讓我嚇了一跳呢。」

「我也嚇了一跳，肚子還好嗎？」

「已經治好啦。所以，死刑就免了。」

「既然烏爾姊說不用就不用吧……」

「那就決定囉。」

為了讓事情照阿爾弗雷德決定的方針發展，我向蒂潔爾請教：

「對於魔王國和魔王大叔來說，當成事情沒發生從種種角度來說都比較方便……但是不統一說法恐怕會出問題。」

「說法？」

「兩千騎兵受的傷……就推給北方森林出現的陌生魔獸吧。烏爾姊去把那隻魔獸抓來。」

「講什麼抓不抓的，牠就在小黑一前面露肚子啊？」

「啊，真的耶。」

致死狼。

魔王大叔帶來那支部隊的將軍告訴我，照理說那是不該在這一帶出沒的魔獸。他們認為，多半和巫妖一樣是外面帶來的。

強度……看得出來比小黑一弱。牠能代替小黑一嗎？人家說沒問題。

那麼這兩千騎兵，就當成是討伐致死狼時負傷。小黑一則是沒來過。

然後是襲擊者們的處置。

要當成沒發生過，將所有人都處死最簡單……但是我認為，因為阿爾弗雷德的決定而流血還太早。

所以，我決定了。

隔天。

我將參與這次襲擊的人都集中到某處。商人打扮的高個子男性和對我丟飛刀的人也在。

你們好。啊，被瞪了。

除了前往北方森林途中碰上的，在學園內襲擊我們的人也被集中到這裡。包含在後方支援的人，總共一百五十七個。所有人的雙手都被反綁，看起來十分疲憊。大概是被逼問情報了吧。不過嘛，襲擊我們好歹也該接受這點程度的懲罰。

於是，我站在這一百五十七人面前，掃視他們。然後，朗聲宣告：

「給你們選，是要就這樣去死還是當我的朋友。」

…………

不需要露出那種奇怪的表情吧？如果當我的朋友，可以把那場襲擊當成演習處理，判你們無罪喔。還會為你們安排工作。部下？不對不對。朋友啦、朋友。

今天，我交了到很多朋友。

「烏爾姊？我炫耀自己交到朋友，是不是讓妳很介意？」

「沒這回事。」

閒話　王都生活　烏爾莎篇　報告

用召喚魔法叫來的魔獸，可以讓牠在一段時間後返回，但是在使用召喚魔法時需要設定活動時間。這是相當高階的魔法。

阿爾弗雷德目前還無法設定活動時間。如果使用沒設定活動時間的召喚魔法，魔獸就會一直處於被召喚的狀態。所以，被阿爾弗雷德召喚的小黑一還留在這裡。

魔王大叔表示，學園就不用提了，希望牠連王都也別靠近，於是小黑一往北方森林移動。服從小黑一的致死狼也跟著。

致死狼的尺寸和小黑一變大時差不多。相當龐大。特徵是灰毛帶黑斑……話是這麼說，不過牠的毛被剃下來當成魔王國正規軍討伐完畢的證據，所以看不到斑點。雖然有些地方因為剃毛時的失誤而露出皮膚，但是不要笑，致死狼會很沮喪。

小黑一起初考慮要獨自返回村子，不過被魔王大叔制止了。說是路上被人看到會引發騷動。

那該怎麼辦呢？好像是要等比傑爾大叔回來之後再送牠回村。小黑一本身只要能回村就沒意見，所以目前在北方森林裡探索。牠似乎和座布團的孩子森王聊往事聊得很高興。真好，我也想見森王。牠在我來村子之前就出發了，所以沒見過？那也沒關係啊。這樣不就有很多話可以和座布團媽媽聊了嗎？

然後到了今天。

比傑爾大叔送小黑一回村。

如果突然將小黑一傳送回村子裡，有可能被爸爸看見，所以目的地是溫泉地。小黑一預定從溫泉地經由傳送門回村。

原本以為致死狼會跟著小黑一回去，但牠堅決不要。就算小黑一下令也不聽。牠躲在為小黑一送行的阿爾弗雷德背後，一邊抵抗一邊像隻小狗般不停發抖。有辦法靠本能理解到該求誰，這點相當厲害。

不過，這讓小黑一很生氣。畢竟這就等於小黑一都要和阿爾弗雷德分別了，致死狼卻宣告自己能待在阿爾弗雷德身邊一樣嘛。

這樣下去小黑一會大鬧，於是我出面調解。

對於小黑一來說，致死狼可以不去村子，但是不准待在阿爾弗雷德身邊。對於致死狼來說，去村裡就等於去死。牠在求救。

最後決定將致死狼交給住在北方森林深處的森王看管。森王好大。還有，謝謝你特地來接牠。

致死狼，要在森林深處過著和平的生活喔。若是為了自保就沒辦法，但是希望你盡可能離冒險者遠一點。希望被剃掉的毛能早點長齊。

致死狼前往北方森林深處後，小黑一便心滿意足地透過比傑爾大叔的傳送魔法移動。比傑爾大叔，抱歉讓你久等了。

目送比傑爾大叔和小黑一傳送離開之後，我和阿爾弗雷德回到學園。莉格涅女士與我們同行。

不久前才遭到襲擊，這麼做或許有點輕率，但是沒問題。之所以沒問題，並非因為沒人會來襲擊，而是我們已經證明自己遭遇襲擊也不怕。

對了對了，我之前誤會莉格涅女士來當護衛的意思。她不是來保護我們，而是來避免我們做得太過火。

「區區刺客無法拿那些孩子怎麼樣。更重要的是希望妳可以在旁邊盯著，別讓他們把刺客殺掉。」

葛拉茲大叔的委託似乎是這樣。原來如此，難怪以莉格涅女士的身手應付那些刺客還那麼慢。聽到理由之後就懂了。

不過既然是這樣，希望他們一開始就說清楚。不過嘛，如果一開始就這麼講，確實有可能會讓我感到抗拒。

「話說回來，莉格涅女士。妳對付得了蒂潔爾的巨大魔像嗎？」

「妳不是把弱點告訴我了嗎？要是那個出現，就找蒂潔爾下手。」

儘管是正確答案，不過希望她好好想一想。蒂潔爾會把自己這個弱點放著不管嗎？怎麼可能嘛。

就算蒂潔爾的腳離開地面，還是有辦法維持巨大魔像。至於要不要把這件事告訴莉格涅女士……就交給蒂潔爾吧。

走向學園的路上，漸漸能看到田地和牧場。都是戈爾哥他們建立的。這裡的牧場有很多山羊。

雖然應該不是為了保護這些田地和牧場，但這裡同時也是軍隊的駐屯地。通過這一帶之後，厄斯便在前方迎接我們。

厄斯和戈爾哥他們是昨天深夜回來的。每個人都顯得很悽慘，不是負傷，而是疲勞。

所以今天讓厄斯放假，但是他似乎不想休假。希望他不要逞強。

我們和厄斯一起回到學園裡的家。

阿爾弗雷德直接回房間，似乎鑽進被窩裡了。看樣子復活還需要些時間。

昨晚為了鼓勵阿爾弗雷德，魔王大叔、阿薩與梅托菈都和他聊了自己過去的失敗經驗，不過看起來沒什麼效果。遺憾。

蒂潔爾在魔王大叔旁邊全力做筆記，但我把紙拿走了。那是用來寫信給爸爸的紙，拜託不要浪費。

提起紙就讓我想到，差不多該寫信給爸爸了。

這次就強調交到朋友的事吧。那些朋友雖然獲判無罪，然而也不能立刻放他們自由，因此暫時交給達馮商會的黎德莉小姐看管。

如果出了事就由黎德莉小姐負起責任，可能是因為襲擊者大部分是達馮商會關係人士，所以要給點懲罰？若是這樣，我覺得應該交給代表迪林泰德先生……但自己不會去思考想了也沒用的事。

對了對了，昨天厄斯帶了些人回來。原先侍奉叛亂地方領主的女僕們。

她們沒有協助叛亂所以無罪釋放，可以返回家鄉，然而看在世人眼裡不是這樣。家鄉還怕會遭受牽連，拒絕接納她們，因此無處可歸。此時她們求助的對象就是厄斯。正確說來，是向戈爾哥他們求助，但是被推給厄斯。

戈爾哥他們向我們道歉，說是不打算再多娶妻，而我則希望他們也向厄斯道歉。已經道過歉了？那就好。

總而言之，厄斯帶來的女僕總共二十六人。從年紀和我們差不多到二十來歲都有。更年長的女僕似乎因為實力夠所以有人收留。

原本以為厄斯打算讓這些女僕在我們家工作，然而不是。他好像要讓這些女僕在王都開店。

所以，女僕們要在王都的旅店下榻。

厄斯之所以沒有一起送小黑一，不是因為休息，而是去委託達馮商會確保土地和建築。達馮商會表示會立刻準備，所以問題只剩下要開怎樣的店。

厄斯說，從女僕們的技巧來看，希望能夠開提供茶飲的店。既然如此，就得進茶葉了呢。由我拜託爸爸也可以，不過這些就由厄斯來寫。

寫完自己的部分之後，就叫阿爾弗雷德和蒂潔爾也寫，然後一起送出去。

得感謝幫忙送信的比傑爾大叔才行。如果我會傳送魔法就好了，但是好像沒有才能。遺憾。

我悠哉地喝著梅托菈泡的茶。

其實，這時露媽媽已經來到王城，要求魔王大叔幫忙報復那些襲擊我們的人，然而我完全不知情。

閒話　地方領主的堅持

我的名字叫銀同。是在魔王國有領地的男爵。

不過嘛，我擔任男爵和領主已長達百年以上，格調和那些尋常的男爵或領主不一樣。哈哈哈！

「那個，領主大人。」

我一發笑，女僕便出聲呼喚。真是的，人家心情正好，這個女僕真不識相。

正想抱怨時，女僕已經給了我一巴掌。

……咦？女僕居然打我！咦？

「領主大人、領主大人、領主大人！」

女僕一直打我。

等等，好痛、好痛啊！住……慢……住、住手……！嗚！

「您回神了嗎，領主大人？那就好。都是因為您突然笑出來。我覺得這種情況一定很危險，所以才基於緊急避難而出手，還請您見諒。」

女僕優雅地向我賠罪。

但是，我不會上當。這傢伙說打我是為了讓我恢復正常，但是她聽到我喊住手之後還是繼續打。而且一開始明明是巴掌，到最後居然變成拳頭。換句話說，這個女僕只是單純想對我施暴而已。

像這種無禮之徒應該立刻抓起來關進牢裡，可是很遺憾，現在我周圍只有這個女僕。以我的實力能把這個女僕抓起來嗎？很遺憾做不到。我不會高估自己。即使冷靜地比較雙方戰力差距，也不認為自己贏得了。

由於不想和這種對手繼續爭下去，我選擇接受女僕的賠罪。

但是，有句話必須說清楚。這是為了我的自尊。

「我很正常！」

「咦？那麼，您剛剛為什麼要笑？」

「逃避現實！」

在這世上，到處都有讓人不願面對的現實啊。

「因為逃避現實而笑，不就代表已經不正常了嗎？」

「別在意細節。所以說，怎麼樣了？」

「怎麼樣了是指？」

「我不願面對的現實。」

沒錯，實在不想面對。想把一切都忘掉。但是，身為領主不能這麼做。

「呃……如果是指正門前的戰鬥，勉強進入僵持狀態。」

沒錯，目前我所在的要塞正爆發戰鬥。

敵方戰力……差不多上千。我方戰力……大約一百。

嗯，為何會變成僵持？就算我方躲在要塞裡，也有十倍差距耶。因為敵方堅持從正門突破嗎？還是我方強得很誇張？不，或是敵方弱得很誇張？哪種啊？不，哪種都無所謂。能演變成僵持該感到慶幸。

「不過，戰鬥持續愈久，傷兵就會愈多……」

女僕不安地說。唉，這種事我也知道。這樣下去不行。就算今天應付得了，明天大概也撐不下去。

嗚，為什麼會變成這樣……

「不就是因為領主大人固執嗎？」

唔唔唔……

我在十天前接到魔王國的緊急通知。

內容是魔王國內有好幾個地方同時爆發叛亂。

老實說，接到通知雖然好，但是只有這些內容實在很尷尬。真希望給個明確的指令叫我去做事。要不然，能採取的行動就只有保護領地。

總而言之，我聯絡領內要大家到安全的地方避難。然後勉強湊出戰力並集結到這座要塞。

問題是三天前。

與我領地接壤的三塊領地，屬於叛亂方。換句話說，我發現自家領地遭到叛亂勢力包圍。

咦？為什麼？怎麼會這樣？我自認和鄰居還算經常往來，但是沒接到聯絡啊？

呃，叛亂這種事確實不能隨便告訴別人，這點自己也明白，不過起兵之前可以來邀我加入吧？

戈爾繕王國的使者？不知道呀？那是什麼？咦？有去你們那裡？他那邊也有？沒來我這裡耶？

喂，戈爾繕王國的使者，你是不是忘了來我這裡啊……？從一開始就沒打算？喔，這樣啊。

…………

「我的領地到死都會站在魔王國這一邊！叛徒們放馬過來啊！」

「就是因為領主大人像這樣對周邊領主的使者們嗆聲，才會被攻擊呀。如果您別那麼衝動，說不定他們會讓您加入。」

「哼，都被看扁到這種地步了，誰還要和他們站在同一邊啊！抗戰到底、抗戰到底！」

「好好好，待會兒我會告訴指揮官，領主大人請往裡面一點的房間移動喔。」

「裡面一點的房間……？正門快被突破了嗎？」

「畢竟什麼時候被突破都不奇怪嘛。」

「既然如此，我就更該站上前線吧。」

「恕我直言，領主大人就算站上前線，恐怕也算不上戰力……」

「這種事我知道。」

「那麼為什麼要上前？」

「要是我不倒下，戰鬥就不會結束吧？雖然讓大家奉陪到這地步才講這種話有點晚，但是總得有個了斷。」

「……真的有點晚呢。」

「別說了。妳被開除了，快點逃吧。」

「很遺憾，我還沒領到資遣費……所以會再陪您一陣子喔。」

「哼，隨妳高興。啊，別指望我能保護妳喔。」

「請放心。我沒有睜開眼睛作夢的興趣。」

「嗯？這話是什麼意思？」

「別在意……似乎要被突破了，請做好心理準備。」

「我、我、我知道！領、領主銀同就在這裡！我就在這裡喔！想要戰功的人放馬過來！」

我很清楚這種角色不適合自己。

不過，我是領主。這種時候，就該讓大家看看我是怎麼活的！

…………

「敵兵還沒來，有些事我想先確認一下，可以嗎？」

「確認？確認什麼？」

「妳為什麼要按住我的背？」

「為了避免您在最後關頭丟臉地逃跑。」

「…………很感謝妳的體諒，但是拜託能不能別這樣？」

我的名字叫戈爾。最近才結婚的獸人族男性。
由於結婚了，想多花點心力在家庭，但是種種原因導致我經常出差。
我的職業，正確說來應該是貴族學園的教師耶……
既然如此，為什麼還要負責鎮壓魔王國的地方叛亂呢？
既然是蒂潔爾說的……咳，既然是蒂潔爾小姐的指示，那就沒辦法。何況魔王大叔也在旁邊低聲下氣了。
不過，魔王國是不是缺乏人才啊？居然拜託我這種外行人。
「戈爾大人，這是周邊狀況。」
魔王大叔介紹給我當副官的男性將地圖攤在桌上，圖上還擺了紅棋、白棋與黑棋。
地圖上的紅棋有十八枚，白棋十枚，黑棋一枚。
紅棋是叛軍，白棋是魔王國方的軍隊，黑棋則是我們這些來自王都的援軍……然而棋子的比例不能直接換算成戰力差距。
畢竟，黑棋——也就是我們這邊，只有我和副官兩人。
然後，紅棋和白棋一枚從三十人到三百人都有。所謂援軍到底是……我不禁這麼想，但是在這之前還有個問題——不能把數字掌握得更精確一點嗎？
「非常抱歉，因為情報錯綜複雜……不過，叛亂方大概已經傾巢而出……」

也就是一枚紅棋當成三百人沒錯。真希望白棋也能有這種數字……

「考慮到還要防守，實在沒辦法動用全部戰力……」

看來把白棋當成三十人比較好。

不過，這麼一來戰力差距就變得很誇張。雖然我覺得應該從王都多帶點戰力過來……卻也沒辦法這麼做。

畢竟，我和副官是靠比傑爾大叔的傳送魔法才來到這裡。

所在的地方並非王都所在的中央大陸，而是南方大陸的魔王領。

比傑爾大叔的傳送魔法很厲害，不過就算是這麼厲害的魔法，一旦距離拉長，能夠同時傳送的人數還是會受到限制，也沒辦法用太多次。

那麼，用船隻將援軍運過去呢？無論天候多麼友善都要花上五十天。

幸好，多虧了用上魔法的聯絡網，叛亂爆發的情報幾乎是立刻接獲，不過在王都考慮對策只是浪費時間。

基本上，叛亂該由領地位於周邊的貴族前往鎮壓，但是這麼一來騷動就會持續好幾年。

這並非因為地方貴族弱小或無能，而是因為地方貴族的橫向聯繫緊密。有事與其拜託遙遠的王都，不如找鄰居比較可靠。

也因此該鎮壓叛亂的貴族與起兵叛亂的人往往很熟。大家都很清楚彼此手裡的牌，所以叛亂鎮壓很難有所進展。
叛亂的一方，在起兵時也有考慮到這一點。
換句話說，叛亂方的目標並非打倒魔王國，而是以收兵來談條件。
我停止叛亂，相對地要減稅——類似這種感覺。
如果是以往，這招行得通。
但是這回不行。地點太糟。
有幾個地方雖然號稱是魔王國領，魔王國卻無法插手。
「大樹村」或者說「死亡森林」就是好例子。
而在這個南方大陸，則是「天秤山牢」。講得簡單一點，就是萊美蓮女士管理的地方。
名為「天秤山牢」的區域，是以南方大陸的中央山脈為中心，範圍相當遼闊，如果沒有什麼特別的狀況，萊美蓮女士什麼也不會做。
所以，魔王國宣稱包含「天秤山牢」在內的南方大陸都是自己的領土……
不久之前，「天秤山牢」的龍通知魔王國。正確說來是萊美蓮女士在「大樹村」對魔王大叔講的。
「我暫時有事要忙，所以南方大陸要是有騷動會很困擾，懂吧？」
魔王大叔好像只能點頭。
雖然不曉得萊美蓮女士忙碌的理由，但她會暫時待在「大樹村」，大概不希望人家把麻煩帶去吧。
如果帶去會怎麼樣……？萊美蓮女士看起來知性又冷靜，她畢竟是哈克蓮女士的媽媽嘛。可能會被揍飛吧。

就在能夠想像這種畫面的情況下，爆發了叛亂。

我想，最生氣的是魔王大叔。

魔王大叔親自到場鎮壓應該是最快的方法，不過根據蒂潔爾小姐的說法，他不能離開王都。

至於該怎麼辦……

「將指揮官送過去，在當地整合兵力後鎮壓叛亂不就好了嗎？」

蒂潔爾的提議得到採納。

送往叛亂地區擔任指揮官的則是席爾、布隆、厄斯，還有我。

嗯，席爾、布隆和厄斯都被送往別的地區。所以不能指望他們幫忙。

唉。就算嘆氣，事情也不會好轉。在能力所及的範圍好好努力吧。

總之，將地圖上白棋的位置巡一圈聚集戰力，然後擊潰紅棋。就在我以此為方針研判路線時……

怪了？這枚白棋被紅棋包圍耶，沒弄錯嗎？

仔細一看地圖，紅棋和白棋都是三、四枚聚在一起，孤立的只有這枚白棋。

周圍都叛亂的情況下，通常會和鄰居步調一致吧？

「不，沒有錯。該領地在叛亂爆發的初期就公開表示站在魔王國方，更宣稱會抗戰到底。」

哎呀呀……居然也有這麼有骨氣的領主呢。

「不過，這樣下去恐怕會來不及……」

我想也是。

但要是拋下這樣的領主，會讓人不太舒服。

希望可以想個辦法救他。

「我也想救援，但是戰力還沒集結。以現況來說實在……」

「如果要戰力，這裡不就有嗎？我們去借吧。」

我指向地圖上一處。

沒有擺任何棋子的地點。

「那個，您認真的嗎？」

真失禮，當然是認真的。

只要說是為了早點解決糾紛，對方應該會答應出借吧。

我指的地方是中央山脈，也就是「天秤山牢」。

現在負責照料烏爾莎小姐與阿爾弗雷德少爺的梅托菈小姐，以前就在這裡工作。

而且梅托菈小姐給我一封信，說如果要去南方大陸就拿出來，應該搞得定吧。

閒話　托席菈的問題

我的名字叫托席菈。萊美蓮大人不在時負責管理此地的混代龍族女性。

今天，難得有訪客。對方是來自魔王國的獸人族。

原本以為是來拜訪萊美蓮大人的，但並非如此。他好像知道萊美蓮大人不在，卻還特地造訪這裡。

…………真可疑。

為什麼知道萊美蓮大人不在還要上門？或許在打什麼壞主意。

這種人本來該請他趕快回去，然而這位客人帶來了我姊姊的信。

幾個隱藏的記號都沒漏掉，所以信是真的。

不過…………這就更可疑了。

隱藏記號確實是真的，但只要事先知道就能偽造。

我不認為姊姊會把這些記號的事洩漏出去，然而對方或許會用什麼卑劣的手段逼問出來。

畢竟姊姊雖然強，多少還是有些冒失的地方……

更何況，這封信的內容。

『眼前的人是重要人物，應對時要客氣一點。』

姊姊會寫這種信給我嗎？

唔唔……真頭痛。

老實說，很想把這個可疑的客人趕回去。

不過，萬一這封信真是姊姊寫的，擅自把人趕走就糟了。

既然如此……只要有個能讓我趕人的理由就好。

「考驗？」

沒錯。我想測試一下，看看你是否真的認識萊美蓮大人或梅托菈姊姊。

「可是我沒什麼時間耶……」

花不了多少時間。只要回答我出的問題，就能知道真相。

「我知道了。那麼，請出題。」

哼哼哼，我馬上就擊潰你的自信。

第一題，這幅畫上的是誰？

我拿出萊美蓮大人非常寶貝的畫像。畫上是萊美蓮大人的孫兒——火一郎少爺人類形態的模樣。

萊美蓮大人經常提起火一郎少爺，如果有稍微調查過，知道這是火一郎少爺也不足為奇。

因此，這一題的正確答案是「火一郎少爺」，但我要看的不是這點，而是見到這幅畫之後，他會有怎樣的反應！

「喂，妳、妳白痴嗎！」

客人東張西望，神情緊張。

「就算萊美蓮女士不在，這種畫也不能隨便拿出來吧！」

啊，這種反應，看樣子的確認識萊美蓮大人。

之所以東張西望，多半是因為擔心萊美蓮大人就在這裡。漂亮。

然後，請放心。

這幅畫是照著原畫描出來的仿畫。就算是我，也不會拿命來賭。

順帶一提，原畫出自古惡魔族古吉大人的手筆。

雖然不知道雙方有怎樣的交易，不過萊美蓮大人似乎讓對方很為難。

可是，該怎麼辦呢？

第一題已經確定對方認識萊美蓮大人。

這時候該老實承認信是真的，聽聽客人要說什麼嗎……？不，難得有準備，接著問第二題吧。

第二題，這張畫上的是誰？

我拿出另一幅畫。畫上是龍形態的……
「哈克蓮老師。」
…………………老師？咦？哈克蓮小姐的學生？
「嗯，對啊。」
難、難、難、難道說，您的出身地是？
「『大樹村』呀？」
為什麼一開始不講啊！你不是說從魔王國來的嗎！
「因為要拜託你們的事和魔王國有關……」
就算是這樣也該先搬出「大樹村」的名字吧！既然認識萊美蓮大人，就不要說你不知道龍族把「大樹村」看得多重要……不是只當成宴會地點！唉，該死！
要求是什麼？要在萊美蓮大人發怒之前，把南方大陸的亂象收拾掉，所以希望我們出借戰力？既然是這種事就早點講！
啊啊，梅托菈姊也是。別寫什麼重要人物，如果寫「大樹村」關係人士，我根本就不會懷疑啊！
「呃，我覺得完全不懷疑反而會挨罵喔。」
我想也是！所以在萊美蓮大人或梅托菈姊要罵我的時候，希望你可以幫忙講幾句話！
「我會幫忙，所以戰力……」
包在我身上！會通知服從萊美蓮大人的部族，我自己也會出動！我的實力？雖然輸給梅托菈姊，不過還算能打！你就等著看吧！

閒話　努力的副官

我的名字……哎呀，不用在意。

只要知道我是魔王國軍一分子而且地位還算高就好。

上司把我叫過去。

聽說敵國在王都策劃陰謀，大概和這件事有關吧？

我原本這麼猜測，卻和獸人族男性一起被傳送魔法送到南方大陸。

…………為何？

呃，地方造反這點我知道，自己是南方大陸出身比較了解地理這也懂，但為什麼是我啊！

抽籤嗎？抽籤的結果嗎？最近魔王國是不是把抽籤看得太神聖了？給個更明確的理由啊！

我明白，就算嚷嚷這些也沒用。

只能乖乖執行接到的命令。

呃……是怎樣的命令啊？

協助同行的獸人族男性，將南方大陸的叛亂全部鎮壓。

原來如此原來如此，簡單易懂！你以為我會這麼說嗎——————！別小看地方的叛亂啊啊啊啊！非常麻煩耶！而且戰力只有我和獸人族男性是打算怎樣啊！

我向著附近的枯井大喊。心靈稍微平靜了一點。

「呃……你還好嗎？」

獸人族男性……戈爾大人擔心地看著我。

不行不行，必須振作。

這名獸人族男性怎麼看都還是小孩，但是聽說已經從貴族學園畢業，目前擔任教師。

不能用外表判斷年齡。我想，他的實力應該在我之上。何況上司也要我服從他的命令。

人家明明和我一樣在倉促間被傳送到南方大陸，卻顯得相當冷靜。回頭一想，就覺得自己的行動很幼稚。反省。

把該做的事做好吧。

我和戈爾大人被傳送到的地方，是我的出身地，由家兄擔任領主。

必須先蒐集周邊情報。而且，最好能向家兄借到戰力。

嗯，這就是我的任務吧。

蒐集周邊情報之後，已經大致了解南方大陸的叛亂狀況。

不過，沒能向家兄借到戰力。因為旁邊某塊頗大的領地，領主站在叛軍那邊。在這種狀況下，確實會希望盡可能保留自家戰力。他反倒要我和戈爾大人加入他的軍隊。

我們明明是魔王國中央的援軍……嗯，果然只有兩個人拿不到發言權啊。

怎麼辦？該去找比較有餘力的領主嗎？

就在我煩惱時，戈爾大人已經決定方針。

……………

誰會想到要去「天秤山牢」借兵呢？

只要是住在南方大陸的人，都知道靠近那裡是禁忌中的禁忌耶？

然後，戈爾大人成功借到了，真厲害！

戰力先後集結到協助戈爾大人的龍——托席菈閣下麾下。

角虎(Bone Tiger)族、戰牛(Battle Ox)族、金狼(Gold Wolf)族、老魔(Wiseman)族、山精靈族、矮人族、半人馬族……住在「天秤山牢」的各個種族皆全副武裝。

話說回來，托席菈閣下，總數好像超過一萬？抵達的連一半的一半都還不到？呃，我覺得已經夠了耶。您打算征服南方大陸嗎？如果要征服，就會叫來無法溝通的魔獸和魔物？這樣已經是考慮到要避免嚇到魔王國國民……原來如此原來如此。

戈爾大人！那頭龍雖然看起來充滿知性，卻是用暴力把事情擺平的那一型啊！我很清楚！請您一定要好好盯著喔！

開始進軍？咦？啊，要去解救那個宣告抗戰到底的領地是吧。我、我懂了，但我覺得數量稍微減少一點會比較好。

南方大陸的叛亂鎮壓完畢。

單兵力量強大加上人數夠多，實在很誇張。敵軍根本無能為力。

這是一場無情的勝利。

話又說回來，能夠順利解救那塊宣言抗戰到底的領地，實在是太好了。

那位名叫銀同的領主和女僕抱在一起，已經有了喪命的心理準備……呵呵，魔王國還找得到這麼有骨氣的人，真令人高興。

銀同很不好意思地否認，不過他和那個女僕看來彼此相愛。隱瞞也沒用。畢竟他為了保護人家，都奮戰到臉變得那麼腫了。本人堅持是被女僕打的，就當成是這樣吧。呵呵呵，婚禮時我就和托席菈閣下一同出席，將那個名場面講述給參加者們聽吧。

既然南方大陸的叛亂已平定，就該考慮幫忙解決其他地方的叛亂，不過似乎也順利平息了。

據說席爾大人與布隆大人那邊，也和我們這邊類似。

哈哈哈，說是類似，但總不會得到龍幫忙吧……咦？得到龍的協助？那邊也是？看來可以和席爾大人與布隆大人的副官們找個時間一同暢飲美酒。嗯，等回到王都之後，請兩位務必一聚。

總而言之，看來魔王國是用不著擔心了。

6 賠罪

某天，露找我出門。

要去魔王國的王都。阿爾弗雷德他們就讀的學園所在地。

不過，目的地不是學園而是王城。可能有什麼活動吧，我們被領到某個大廳。

在大廳裡某個略高的舞台上就坐。我旁邊是露，桌子對面是魔王、阿爾弗雷德、烏爾莎和蒂潔爾。孩子們看來很有精神。只是好像略顯緊張？笑容很僵硬喔。

然後，舞台底下是文官與武官，多達數百人。比傑爾、藍登、葛拉茲、荷他們四人也在。另外，還有一群人跪倒在地一動也不動……那是怎樣？

是賠罪。

進學園就讀的阿爾弗雷德他們，似乎被牽扯進某個麻煩裡。

「非常抱歉。」

魔王這麼向我道歉。

但是，魔王並不是我那幾個孩子的監護人，而是這個國家的國王，總不能一直盯著孩子們吧。

雖然想告訴他不需要道歉，然而與孩子們有關，看來不是什麼能簡單交代過去的事。就聽他詳細說明吧。

詳細說明聽完了。

簡單來說，就是想在魔王國引發混亂的勢力，教唆那批跪倒在地的人，要他們襲擊阿爾弗雷德。

至於為什麼阿爾弗雷德他們會被盯上，原因在於他們是露的孩子。雖然親生的只有阿爾弗雷德，但確實都是露的孩子。但是，為什麼想在魔王國引發混亂卻要對露的孩子下手呢？

這個疑問由露回答：

「直接造成危害的是那邊那批人，他們所屬的商會是魔王國支柱。對方似乎認為，如果阿爾弗雷德他們受到傷害，我就會攻擊商會或魔王國。」

原來如此。想引發混亂的勢力躲在幕後，所以不會遭受露的攻擊。

「他們似乎是這麼想的。」

嗯。

「還有，阿爾弗雷德他們是我的孩子……情報來源似乎是我。」

與其說情報來源，不如說是事實吧？我們應該沒隱瞞啊？

「雖然沒隱瞞，但也沒有特別提到呀。畢竟那些對我懷恨在心的人或許會盯上他們吧？」

唉，也對。

按照露的說法，活得久儘管同伴多，也會有敵人。所以露原本都小心翼翼，但是有人不慎說溜嘴。

「不久前我治好了某個國家的王子對吧？」

嗯，對方指名由妳醫治，所以跑了一趟嘛。

「對方向我求婚時，我對他炫耀已經有丈夫和孩子了。」

那個王子就是情報來源？

「那個王子的隨從之一。」

知道露有孩子之後，只要在「五號村」蒐集情報，就能輕易找到是阿爾弗雷德他們。原來如此。

事情大致上明白了。呃，抱歉。雖然還是有一部分不太清楚，不過這些我之後會問露……先收拾這個場面吧。

阿爾弗雷德他們遇襲的地點，在王都之外……錯不在魔王。

試圖襲擊他們的人入侵學園。這也不能怪魔王，而是學園警備有問題吧？麻煩強化學園的警備。

至於襲擊者們……露似乎已經處罰過了。那就沒什麼好說的。

咦？那些人是烏爾莎的朋友？

…………

類似不打不相識那種感覺？不是？我、我知道了，之後再打招呼吧。
記得蒂潔爾也交了朋友嘛，那邊之後也去打聲招呼吧。
差不多像這樣？
結果，錯不在魔王。錯的是教唆跪在地上那些人的勢力吧？
那邊怎麼樣了？那個勢力，就是露治療的那個王子的國家？現在那個王子發動了政變要奪取政權？瑪爾比特她們在幫忙？是這樣嗎？看來王子站在我們這邊。
已經抓到了下令對阿爾弗雷德他們出手的國王和大臣？不不不，我不要他們的腦袋。用那個國家的法律處置。還有，別向我賠罪，找魔王國賠罪。這樣就好。

我和露移動到另一個房間。
這地方就像頂級旅館的客房，讓人靜不下心。

…………

總而言之，該說的話必需說，所以我開口了。
「露，只有這次喔。」
「只有這次是指？」
「別裝傻。」
既然麻煩牽扯到孩子們，那麼我事前收到情報也不足為奇。儘管如此，卻沒接到任何消息。

如果想賠罪，只要魔王來村裡就好。我卻被叫來這裡。

然後還在那麼大的廳堂，文武百官齊聚。

「把賠罪搞得那麼盛大，是為了避免我生氣對吧？」

「……對不起。」

「怎麼可能不生氣。被盯上的是孩子們耶。」

不該讓他們離開村子的。我現在滿肚子火。

和他們在一起的阿薩、厄斯和梅托菈在幹什麼？居然把孩子們送到那麼危險的地方……不，他們三個的工作是照顧孩子，不是護衛。要他們限制孩子們的行動恐怕有點難啊。這樣等於遷怒。

我拿到一份將事件詳情整理清楚的資料，葛拉茲和戈爾他們也很努力了。

問題在於發動襲擊的勢力太大。這點實在沒辦法。

但是，居然放著這種勢力不管……啊啊，原來如此。我的怒火會指向魔王國啊。就是為了避免這種發展，露才會先做安排。

阿爾弗雷德、烏爾莎和蒂潔爾坐在魔王那一邊，也是為了替魔王求情吧。

…………

「總而言之，以後不准再瞞著我。」

「嗯，對不起。」

「那麼，想辦法安撫生氣的我。」

「包在我身上。你看，孩子們來囉。」
阿爾弗雷德、烏爾莎與蒂潔爾來到房間。
沒事就好。沒有亂來吧？逞強也不行喔。我知道你們很強，但是不可以大意。
我抱住孩子們，流了些淚。

「話說回來，露。」
「什麼事？」
「這次的事，妳告訴蒂雅、哈克蓮、座布團她們了嗎？」
「蒂雅已經知道，哈克蓮和座布團……要麻煩你了。」
「真是個難題啊。」
魔王接下來會帶我去厄斯開的店，到那裡再想對策吧。

7 「女僕的店」

王城位於王都中央。有條大道從王城向南延伸。
厄斯開的店緊鄰這條大道。位置差不多在商店林立區和住宅區之間，我認為是個好地點。

店名叫「烏爾莎斯」。

似乎是厄斯取的，我覺得不壞。不過，厄斯向我抱怨這個名字一直沒被大家記住。周圍居民和上門的客人，都叫它「女僕的店」。至於理由，一進店門就明白了。

因為他僱用女僕當服務生。而且，都是受過正規教育的女僕。

「歡迎您回來，主人。」

所以才會這樣打招呼。

雖然這樣似乎能讓常客覺得親切，但打招呼不是該更正經一點嗎？要是有客人誤會就麻煩了吧？有保鑣待命？那是出事時的應對措施吧？我不是這個意思，而是該儘量避免糾紛……算啦，畢竟失敗為成功之母，我就不囉唆了。

碰上麻煩時，要好好保護女僕們。我這麼叮嚀厄斯後，便讓他帶位。

店內相當寬敞。不知道內場怎麼樣，光是外場就有五十坪吧？外場分成好幾個區域，我被帶到一處比周圍都來得豪華的席位。好像是因為也會有貴族上門，所以需要像這樣分區。即便沒看見，好像還有包廂。

這裡有椅子也有沙發，於是我坐到沙發上。我的右邊是露、左邊是魔王。原本還在想坐對面不就好了，但是他有坐我旁邊的理由。

因為在我眼前，有個很大的螢幕。我有印象，那是伊雷的轉播設備。

根據厄斯的解釋，他請伊雷協助轉播。

店內有七個螢幕，各自播放不同的內容。至於聲音，則為了避免互相干擾而在擺放設備方面下了不少工夫。真是不簡單。

主要播放內容包括棒球、戲劇與歌曲。我正面的大螢幕，則是播放棒球影片。

「這是數個月前在『夏沙多市鎮』舉行的比賽。」

魔王為我解說。

雙方形成拉鋸戰，是一場精彩的比賽——沒講出結果是很好，不過從魔王的笑臉就猜得到。算啦，就算知道結果也無妨。畢竟投球的是戈爾嘛。

就在這時，茶擺到我們面前。

我起先還疑惑自己明明沒點餐，但這個位置似乎沒有菜單。好像是付了座位的錢之後，就能吃到飽喝到飽。換句話說，講一聲就會端上來。

啊，所以端茶過來的女僕沒有離開，而是在不遠處等待呢。

不過就算是這樣，還是想要菜單耶。點餐要怎麼點？原來如此，只要簡單地說想要點心、來些能填飽肚子的東西等等。

要求細一點也行？喔……儘管讓人躍躍欲試，但我不會刻意刁難別人。露，別刁難他們。

魔王，差不多該停止棒球話題，來談正事吧。女僕小姐，不好意思，麻煩停止播放螢幕上的影片。

我之所以來厄斯的店，部分原因是想看看他的店如何，但重點在別處。是關於阿爾弗雷德他們今後該怎麼辦。

就我來說是希望讓他們留在學園，然而如果還會像這次一樣牽扯到麻煩，我寧可他們回村。魔王也贊成這個意見。

不過，阿爾弗雷德他們本人反對。所以我和魔王往「讓他們留在學園」這個方向討論。

關於學園警備的部分，魔王會負起責任改善。實際上，他已經送了一部分軍隊進學園，戒備似乎比平常森嚴。

正因為如此，對方沒在學園內動手，而是看準他們離開學園……

「即便有提防，我們原本以為主要目標是我。」

魔王這麼表示，並且再次鄭重道歉。

由於各地同時爆發多起叛亂，所以魔王周邊的戰力銳減。

這麼一來，自然會認為下一個目標是魔王本人，從外面打聽到的情報也支持這種看法。

但是不知為何襲擊者盯上的不是魔王，而是阿爾弗雷德他們。也不知道是因為他們比較容易下手，還是為了報復厄斯先前打倒巫妖……無論如何，孩子們被人家盯上，身為父親實在很生氣。一回想起來就讓人火冒三丈。我心想這樣下去不行，於是一口氣把茶喝乾。先冷靜下來。

嗯？在旁邊待命的女僕，看見我的反應之後將視線轉向螢幕。

感到疑惑的我也看向螢幕，發現上頭正在播放影片。呃，棒球的影片拜託之後再說……然而畫面上的影片，並不是棒球。

『啊～啊～大家好。我是神祕的總司儀，維爾瓦洛伊。』

雖然自稱維爾瓦洛伊，但是影片裡的人怎麼看都是始祖先生。

儘管用黑布遮眼，不過一看就知道。畢竟衣服就是平常那件。

遮住眼睛還看得見前面啊？不，更重要的是他在幹什麼？地點……哪裡啊？沒有印象。感覺風土民情和魔王國不太一樣。

『現在，我來到戈爾繕王國。』

喔，戈爾繕王國啊。

名字我很熟。就是想在魔王國引發混亂的勢力。現在好像爆發政變？這段影片應該是錄影吧，什麼時候錄的？

『好的，這位就是柯度王子，正準備發動政變。讓我們聽聽他的抱負吧。怎麼樣？贏得了嗎？』

柯度王子以僵硬的表情回答會努力。

從他的臉色看來，似乎沒什麼勝算……不過影片從王子移往旁邊，對準位於遠方山腰處的城堡。

『那座城就是戈爾繕王國的王城，達摩克利斯城。該打倒的國王和大臣就在那裡，然而達摩克利斯城是有名的易守難攻。讓他們躲在城裡會非常麻煩。就畫面上來說實在不怎麼有趣。所以……』

那座城爆炸了。

不，應該是小型爆炸接連發生？鏡頭轉向城堡上空，能看見組成整齊編隊的天使族。

編隊分成三個集團，分別由瑪爾比特、琳夏與蘇爾蘿率領。然後，三個集團交替施放魔法的結果，大概就是那座城發生的爆炸吧。啊，達摩克利斯城發出巨響崩塌了。心裡舒坦了點。

『雖然很想用地獄狼的角，但是不能擅自拿出來，所以還是放棄了，遺憾——以上是謎之天使族代表發言。』

謎之天使族……喔，瑪爾比特她們也用黑布遮住眼睛。嗯～真是可疑的集團。

『無論如何，這麼一來就沒辦法守城了。對於政變方的王子來說，這應該是個大好機會。希望他能好好掌握這個機會。接下來，是葛洛克山脈的影片。』

始祖先生這麼說完，影片隨即切換。

『大、大家好，我是神祕的美少女碧尤緹。』

代替始祖先生出現在畫面上的，是一個有點緊張的女孩。她同樣用黑布遮住眼睛，不過看得出來是誰。海賽兒娜可。角和尾巴都沒藏起來。

『呃……這個葛洛克山脈，是戈爾繕王國非常重視的礦山密集區。』

畫面上映出空無一人的採礦場入口。

『由於事前已經警告過，所以人們好像都已避難。那麼……』

一陣閃光，然後是巨響。煙塵四起，難以分辨畫面在拍什麼。

就在我猜測發生什麼事的時候，鏡頭開始移向空中。大概是拿著攝影機的人被拉上天空吧。

然後我明白是怎麼回事了。原本的山脈所在地，整個融化了。

高火力攻擊。下手的是一頭全身漆黑的龍。那是海賽兒娜可的父親，馬克斯貝爾加克。

從嘴裡還冒著煙看來，應該是噴出龍焰吧。所以山脈才會變那樣啊，真厲害。

然後，馬克斯貝爾加克儘管是龍形態，卻同樣用黑布遮住眼睛啊。真虧他們能準備那麼大塊的布。

畫面拉回地表，海賽兒娜可再次出現。不要一邊喊爸爸一邊對馬克斯貝爾加克揮手。特地遮眼都白遮囉。

『哎呀，不好。呃……以上是神祕美少女碧尤緹從葛洛克山脈為大家報導。將畫面還給主播。』

畫面又回到始祖先生這裡。

『真是精彩的攻擊呢～哎呀，柯度王子，怎麼了嗎？你還沒上戰場呀？』

柯度王子驚慌失措地嘀咕著「經濟啊——」之類的話。看樣子葛洛克山脈的礦山似乎是戈爾繕王國的命脈。

『放心。名為科林教的親切宗教會提供貴國支援。啊，國家的名稱請記得要換掉喔。我們講好囉～以上是特別節目，戈爾繕王國滅亡之日。』

始祖先生這麼下結語後，影片隨即結束，畫面上出現工作人員名單。

…………

準備那些黑布的是座布團吧？協力者裡面有神祕的蜘蛛。

呃……我看向露和魔王。從兩人的表情看來，他們大概也不知道影片的內容。

兩人的報復應該只有支援政變方、放逐舊政權，將該國換成對魔王國友善的政權而已。知情的……大概是不知道什麼時候出現在這裡的伊雷吧。

「這段影片是我拍的，費了很大力氣喔。真的非常辛苦。」

伊雷手臂上纏著繃帶。大概是拍攝時受的傷吧。不要緊嗎？嗯，不要緊就好。

「呃，拍攝是十五天前。政變方占優勢。我想各位已接到聯絡，國王和大臣已經抓到，只剩少數反叛勢力。如果沒出什麼意外，應該會是政變方勝利。」

原來如此。

「然後，有人交代我傳話給村長。」

傳話？誰？原來是始祖先生和哈克蓮。

首先是始祖先生：

「戈爾繕王國似乎出了大事喔。嚇我一跳。不過，那種敢對阿爾弗雷德出手的國家，我覺得滅亡就算了。」

…………

再來是哈克蓮：

「那個太輕了對吧？應該再來幾發的。還有，那點程度我也做得到喔。」

…………

呃，總而言之。

始祖先生姑且不論，這次的事件哈克蓮和座布團都知道了……原本以為必須由我告訴她們，現在難題解決啦，太好了……嗎？

還有，看見這段影片，我覺得心情稍微好了點。以一個人來說或許不該這樣，但是不能原諒那些對孩子們出手的傢伙。

話說回來……

是誰告訴哈克蓮和座布團的？混代龍族歐潔斯、海芙利古塔和姬哈特洛伊她們三個嗎？不是？她們連靠近哈克蓮和座布團都會怕？那麼是誰…………啊，梅托菈通知的是吧。

「因為哈克蓮小姐交代過，凡是烏爾莎小姐的事都要最優先告訴她。請原諒我自作主張。」

不，沒關係啦。不過，既然和烏爾莎他們有關，那麼也該告訴我。

話又說回來，哈克蓮和座布團在出事當天就知道了啊。該誇獎她們真能忍嗎？還是該因為她們沒告訴我而生氣呢？

既然原諒了露，就不能再對她們生氣吧。還是誇獎她們好了。

不過，以後記得也要告訴我。

異世界悠閒農家

〔第三章〕

拍賣會騷動

01.加爾加魯德魔王國領　02.北方大陸　03.加雷特王國　04.加魯巴爾特王國　05.戰線
06.加爾加魯德魔王國　07.王都　08.死亡森林　09.大樹村　10.德萊姆的巢　11.鐵森林
12.夏沙多市鎮　13.福爾哈魯特王國　14.南方大陸

1 魔像

我在自己家裡思考。

村民們難道認為我會拋開理智失控大鬧嗎？沒這回事？真的？這次只是希望在驚動我之前就讓它結束？這點很感謝大家，但還是希望能先找我商量。

看到那段影片，心情確實舒暢不少，不過事後一回想，腦袋裡就冒出「城裡的居民怎麼樣了」以及「礦山好浪費啊」等種種念頭。

特別是把山脈融掉這部分，沒問題嗎？會不會改變氣候什麼的？不禁擔心起這種事。

只不過，村民們認為就算事先找我商量，最後還是非報復不可。如果不在該報復的時機好好報復回去，孩子們又會被盯上。這一點我也認同，因此沒有抱怨哈克蓮與座布團。反而向她們道歉，因為害得她們多費心讓我覺得很不好意思。

而且，態度和往常沒兩樣真是厲害。我自認都有好好觀察啊……

小黑一。你太好懂了。畢竟變得很拘謹嘛，就連被我摸的時候也排在後面，還保持距離呢。嗯，雖然不曉得內容，但是我有注意到你有事瞞著我。

當時有點擔心，沒想到是阿爾弗雷德他們的事。抱歉。是阿爾弗雷德和烏爾莎要你別說的對吧。乖喔乖喔，讓我好好摸摸你吧。

側腹比較好？這裡嗎？這裡最舒服？哈哈哈。

小黑一的伴侶愛莉絲也鬆了口氣。也讓愛莉絲擔心了呢。摸摸要排隊喔，妳在小黑一後面。現在是小黑一撒嬌的時間。

隔天。

我準備了創造神和農業神的像，要擺到阿爾弗雷德他們在學園的家裡。另外還雕了以小黑一為模特兒的像，希望它能夠守護阿爾弗雷德他們。

由於都是小型的，應該可以三個一起搬。下次比傑爾來的時候，就麻煩他幫忙運送吧。

轉換心情。

所謂魔像，就是指用土石等物製作並且以魔力驅動的物體。主流是人型，不過也有其他類型的魔像存在。

這些魔像呢，大致上分成兩種。瞬間創造的，還有事前組裝的。

瞬間創造型的魔像，優點在於運用和收納方面。可以在需要的地點按照用途做成適合的形狀，使用完畢之後再讓它們消失，確實很方便。而且施法者如果技術夠好，就能讓魔像執行複雜的命令。

缺點是魔法技術要求相當高，以及需要大量魔力。因此沒什麼人使用。蒂雅似乎是很稀有的存在。

事前組裝型的魔像，優點在於能大幅減少魔力消耗。缺點則是必須將它們運到指定地點，非常麻煩，更別說魔像都很重。

而且，由於要事前設想好用途後組裝，所以很難應付意料之外的狀況。還有很難讓魔像採取複雜的行動，做些簡單的動作已經是極限了。像是挖洞、碎石之類的。搬運貨物似乎勉強還行。

儘管弱點很多，這個世界的魔像好像大多屬於事前組裝型。至於用途，主要是當成防守戰力。魔像常用來排除入侵指定空間的不速之客。

好啦，此刻在我的眼前，就有這種組裝型的魔像。

不是人型，是很難舉例說明的形狀，類似盒子上面插了棒子的感覺？

山精靈之一為我說明：

「構成魔像的要素，主要有四種——動力、命令接受裝置、可活動部位與頭腦。」

動力，就是字面上的意思。魔像的動力來源，像是魔力和魔石。組裝型大多使用魔石。

命令接收裝置，則是用來對魔像下達命令的部位。簡單來說就是開關。這部分有很多種類，直接就是開關、靠視覺辨識、靠聲音辨識等等。

可活動部位，則是魔像執行動作的零件。以人型來說就是手腳。魔像的用途就看這個部分。

最後的頭腦，則是記憶魔像行動的位置。按下開關後，讓可活動部位執行動作；再按一次開關，就讓可活動部位停止動作，類似這樣。

記住的愈多，魔像能回應的指令就愈多，但是頭腦部分也要魔石，想多記就得用上比較大顆的魔石，導致成本增加。動力和頭腦往往共用魔石，組裝型之所以只能做簡單的動作，原因似乎就在這裡。

我眼前這個盒子插上棒子的魔像也是使用小顆魔石，只能執行簡單動作。

一名山精靈將小銅幣放到箱子前，魔像沒反應。

山精靈拿走小銅幣，改放中銅幣，魔像還是沒反應。

山精靈拿走中銅幣，改放大銅幣，魔像的棒子動了。

山精靈拿走大銅幣，改放銀幣，魔像的棒子動了，回到原本的位置。

「這樣您明白了嗎？」

對於山精靈的問題，我點點頭。似乎是只對大銅幣有反應的舉棒魔像。我沒有說「那又怎麼樣？」這種話。因為感受到了這個魔像的可能性，山精靈們也是。

三天後。

滑軌式硬幣計算機完成了。

只要將硬幣倒進滑軌，魔像就會分別對小銅幣、中銅幣、大銅幣、銀幣與金幣產生反應並計數。同時它也會將硬幣分類，很優秀。

由於設計成會退還硬幣以外的東西，所以不會把垃圾當成錢幣計算。目前已經實驗了大約兩百次，沒有一次計算錯誤。

又過了三天。

自動販賣機完工。更正，自動販賣機魔像完工。

以滑軌式硬幣計算機計數投入的硬幣，然後依照按下的開關送出商品和找零。相當不錯。

「村長，需要商品的展示空間對吧。」

說得對，於是我們進一步改良自動販賣機魔像。

就這樣，我們滿懷自信做出自動販賣機魔像……但是蒂雅他們看過之後，說這是在浪費技術。

他們表示，只要僱一個人就能處理……這還真是傷腦筋。

確實，這具魔像的造價雖然相對低廉，卻還是比僱用人手來得昂貴。魔石就算小顆依舊價格不斐。

但是！大家是不是忘記某件事了？魔像不用休息！它可以賣一整天！

「買東西的人晚上也要睡覺。」

…………

自動販賣機魔像被評為派不上用場。不過，這點我多少有考慮到。

硬幣在「大樹村」沒有流通。需要自動販賣機魔像的，是有硬幣流通的地方。換句話說就是「五號村」。

我和山精靈們試著將自動販賣機魔像擺到「五號村」。

「村長，擺出來是可以，但是要賣什麼？」

說起自動販賣機就是飲料……不過要賣飲料有點困難。和食物一樣，有保溫方面的問題。老實地試著賣蔬菜看看吧。

「這麼一來，不是會為賣蔬菜的店添麻煩嗎？」

的確是這樣。

那麼……賣什麼才好？藥草或藥品之類的，要用自動販賣機魔像來賣會讓我有點抗拒。露也表示，希望能看過對象之後再賣。

武器和防具也需要配合使用者調整，所以不適合由自動販賣機魔像進行販售。既然如此……寶石之類的？

試賣看看。

三天過去，沒有任何人買。有人經過，但也只是經過。

價格太貴了嗎？我是把向戈隆商會進貨的價格直接照賣啊……

第三天晚上，大約二十人的集團試圖搶走自動販賣機魔像，遭到逮捕。真是愚蠢。難道他們以為沒人看守嗎？

不過，看得出自動販賣機魔像的價值倒是……不是？目標是展示的寶石…………？警衛隊，把人帶走。

要讓自動販賣機魔像得到認同，似乎還需要再研究。

我和山精靈們發誓，要不屈不撓地繼續研究下去。

…………

啊，差不多要收成了，以那邊為優先。不能忘記本業。研究等到收穫結束並耕完下次的田之後。

2 夏天的村子與自動販賣機魔像

收穫是全村的團隊合作。所以要暫時忘掉自動販賣機魔像，好好努力。

收穫期間總共約十五天。
收穫工作結束後，我直接開始耕新田，其他人則對收穫的部分作物進行加工。
總算能喘口氣時，已經是收成開始算起的三十天後，完全是夏天了。
…………
多虧「萬能農具」，一年能收穫好幾次，但是季節感也因此變得不太正常。
我決定巡視一下「大樹村」，找回季節感。

在村裡能看見人們都往泳池聚集。沁涼的水聲與孩子們開心的呼喊，讓人感受到夏天。
為了避免有人溺水，我下令好好監視，蜥蜴人們很有活力地回應，真是可靠。

蓄水池裡，池龜們悠哉地游泳。
水池中央有些陌生的水草，是池龜們培養的浮萍。那些浮萍是稀有種，只在水質好的池子裡生長，池龜們將它當成點心。
不知是否因為這種浮萍能當成珍貴藥材，池龜給了我幾株。或許是承受不了露的目光。抱歉讓你們費心了。露也是，別看到什麼都想要。

牧場裡，馬、牛、山羊與綿羊們精力充沛地跑來跑去。天氣似乎還沒熱到會讓牠們變得懶散。

一匹馬跑起來，其他馬就會跟進。牠們是在賽跑嗎？山羊沒事就吃草。吃幾口草就奔跑，跑一會兒又吃草，大概是這種感覺。明明可以專注在其中一邊的。不，我不是要你們往我這邊跑。

空中，艾基斯和鷲輕快地飛翔。

艾基斯的飛行速度也變得相當快。成長令人高興，但是牠的體型會一直維持那樣嗎？說到不死鳥，想像中應該會更苗條一點……算了，反正牠是長壽種族，慢慢等吧。

在我旁邊，小黑和小雪精神抖擻地待命。

牠們平常明明不太願意離開屋裡涼爽的地方，最近卻老是待在我身邊。理由是自己前陣子很寵小黑一。這麼做是為了對抗。

雖然在我看來，我對於小黑和小雪的寵溺向來比小黑一來得多啊……

順帶一提，牠們對抗的小黑一正和伴侶愛莉絲一起乘涼。

屋子裡，貓們正在爭奪涼爽地帶。

說是爭奪戰，不過最涼快的地方——我房間床上，正由貓媽媽珠兒獨占。貓們爭奪的是第二涼快的地方，我房間的桌子上。貓姊姊和小貓總共八隻貓在搶。

搶地盤無妨，但是桌上的東西都掉下來了。我把它們撿起來，放到椅子上。
貓爸爸萊基耶爾則是認命地待在房間角落。那邊涼快嗎？用魔法降溫？原來如此。
不管怎麼樣，看來沒有我的容身之處。於是往起居室移動。

馬克斯貝爾加克和海賽兒娜可父女待在起居室。他們將黑布還給座布團。你們應該藏好一點啦。
兩人之所以來到村裡，是為了向哈克蓮報告。在戈爾縉王國大鬧，原來是哈克蓮的指示啊。
無論理由是什麼，兩人終究幫了忙，於是我決定好好招待他們。
絲依蓮沒來？正在監視融化的山脈？喔，為了避免其他國家從那邊進攻是吧。不是？絲依蓮也很生氣？我不記得阿爾弗雷德、烏爾莎和她有那麼親密……喔，是氣自己被排擠啊。因為她也想上鏡頭。原來如此。
為絲依蓮準備些土產吧。

當天晚上是宴會。
吃完飯之後，海賽兒和火一郎與古拉兒玩在一起。好事一樁。
不過，哈克蓮和馬克在我背後商量火一郎和海賽兒會不會湊成一對。別這樣，火一郎還小。自由發展。對，讓他自由發展。

宴會中，座布團的孩子們拿著好幾塊木板到我面前的桌子上集合。

正當我納悶這是要做什麼時，牠們將拿來的木板組成盒子。

這是……我順著座布團孩子們的引導，將硬幣投入盒子上的縫。盒子打開了一部分，一隻座布團的孩子拿著杯子出來。

原來是模仿我做的自動販賣機魔像啊。很可愛喔。

我接過杯子，一口氣喝乾。杯裡的酒出乎意料地烈。

山精靈們之所以製造魔像，是因為村裡收到大量能當成魔像核心的魔石。

把這些東西帶進來的是露。據說是達馮商會的賠償金。

魔石的尺寸大概從一公釐到五公釐都有。每顆都仔細包好並裝桶，然後才運到村裡。總數約有五百顆，不過被發現桶子的小黑子孫們吃掉差不多一半。好像是因為平常就會吃魔石，所以當成點心了。還抱怨包裝很礙事。

露看見現場時的表情……我還是別評論吧。

下次進森林獵兔子和野豬的魔石多分妳一點，就原諒小黑的子孫們吧。

儘管發生這些事，依舊多了不少小顆魔石能用，所以最後決定要製作魔像……

然後我想起收穫前的事。

自動販賣機魔像不太順利。花了三天等待出現第一名購買者，居然是逮捕竊盜集團。反省點很多。

最重要的，就是該先決定販賣什麼再製作自動販賣機。試圖只靠我和山精靈就解決一切也不好。應該找更多人合作。

大概是因為拿給蒂雅他們看之後被否定，因此賭氣了吧。凡事都該冷靜。

…………

我認為自動販賣機魔像有很多用途。目前只是用法不適當而已。

好，明天起努力製作自動販賣機魔像吧。

我在座布團的孩子們催促下，再次把硬幣丟進盒裡。座布團的孩子拿著裝了酒的杯子出來。呵呵，別讓我喝太多喔。

3 魔像的活用

魔像以魔石為動力，用來執行事先設定好的命令。

魔道具則是以魔石為動力，用來行使特定魔法的道具。因此，儘管魔像和魔道具顯然是不一樣的東西，依然有某些人會混為一談。

就算混為一談，也沒什麼大問題。

對自動販賣機魔像有興趣的人到會議室集合。

這麼說之後，出乎意料地來了很多人。山精靈們不用說，第二多的是文官少女組。獸人族女孩、高等精靈也不少。還有矮人多諾邦、達尬、格魯夫與德萊姆。

連露、蒂雅、安也來了……妳們對自動販賣機魔像有興趣？不是？因為我沉迷於自動販賣機魔像才參加？這也無妨，能出主意的人愈多愈好。

小黑與小雪也在，還有許多座布團的孩子。拜託大家囉。

經過「五號村」的竊盜風波後，自動販賣機魔像便回收擺到宅邸裡，所以大家應該都知道。販賣商品從寶石改為裝了酒並塞起來的竹筒。

不過，村裡不使用硬幣或金錢，因此自動販賣機魔像前擺有裝硬幣的盒子，讓大家從盒子裡拿硬幣丟進自動販賣機魔像裡。

由於誰都能買，所以事先放進去的二十個竹筒轉眼間就賣完了。

…………

這樣算是賣完嗎？還是該當成拿光？唉，往好的方向思考吧，多虧有這麼做才成功讓大家知道自動販賣機魔像的存在，還讓座布團的孩子們可以模仿。

首先，由我來切西瓜。

因為來的人比預期的多，所以準備的西瓜不夠。幸好有事先多冰些西瓜。座布團的孩子們也吃吧。

小黑，不要只吃完正中間最甜的部分就滿足，多吃點。以前明明連皮都吃的，現在卻成了美食家。

西瓜發完之後，開始討論正題。

原本呢，我是打算和大家商量自動販賣機魔像的擺放地點與販賣品項。不過，文官少女組率先強烈要求一件事。

構成自動販賣機魔像的一部分，滑軌式硬幣計算機——提昇它的性能並量產。

提昇性能，就是倒進更多硬幣也能處理的意思。

關於這部分，只要將硬幣倒入口加大並裝上防止堵塞的攪動裝置就能解決。不，早就解決了。因為山精靈們已經搞定這些裝置。

所以，只剩下量產……但是我聽到的數字是一、兩百。需要這麼多嗎？「大樹村」、「五號村」和「夏沙多市鎮」各一台不就好了嗎？

她們堅持沒這回事。

按照她們的說法，商人的工作裡，最重要的就是檢查硬幣並計數。硬幣不能交給還無法信任的實習人員處理，都是有一定地位的人負責，然而這些人理所當然地很忙。要是有滑軌式硬幣計算機可用，他們會舉雙手歡迎。

此外，貴族也一樣。檢查硬幣並計數是總管的工作。無論規模是大是小，貴族的總管幾乎都是忙碌的代名詞，所以有滑軌式計算機能幫上很多忙。

聽到她們這麼說，令我有點懷疑。於是看向山精靈。

一來還要生產裝有懸吊系統的馬車，二來計算機需要考慮精確度，所以計算起來做一台需要三天。

總而言之，優先做一台供「大樹村」使用。再來「五號村」和「夏沙多大屋頂」各三台。之後的生產視山精靈們的進度而定。

儘管才剛開始就被打斷，不過討論還是要繼續下去。

我向大家說明自己對於自動販賣機魔像的想法。

首先，第一個範例是飲料自動販賣機。隨時能買、隨時能喝，我認為很方便。

要怎麼把飲料交給顧客是個問題，不過這點靠竹筒解決了。雖然用過即丟的紙杯比較理想，紙畢竟是貴重品嘛。

第二個範例，則是大型商品自動販賣機。

從個別的小型商品櫃裡取出商品那種。門上裝有玻璃，讓顧客可以看見商品，藉此刺激購買慾望。

一開始的寶石販售也該這麼做的。

最後的範例，則是泡麵自動販賣機。

只要按一個按鈕，就能連熱水也幫忙加好的那種自動販賣機。我想加以重現。

雖然沒有泡麵，我相信倒熱水這種事魔像應該也做得到。

這些範例，除了第一個飲料自動販賣機之外，我都有只靠言語難以讓人想像的心理準備。所以請座布團的孩子們幫忙示範。

座布團孩子模仿大型商品自動販賣機，從個別的門探出頭來打招呼，博得眾人掌聲。嗯，很可愛。

泡麵自動販賣機，則是重現盒子裡的構造。只不過泡的不是泡麵，而是綠茶。

座布團的孩子們將杯子放到指定的位置，然後倒入茶粉和熱水並攪拌，得到大家的加油打氣。嗯，有點燙，但是很好喝喔。

「這樣不就好了嗎？」

安，事情不是這樣。座布團的孩子們也別舉起腳表示自己會加油。呃，你們這麼努力的確讓我很高興就是了。

飲料自動販賣機魔像已經確定做出來了。

大型商品自動販賣機魔像，山精靈們表示技術上沒問題。

至於泡麵自動販賣機魔像，結論是要看供應什麼。

至於供應的品項，感覺討論下去會拖很久，所以之後再說。

「要是自動販賣機魔像擺出去之後又被竊盜集團盯上怎麼辦？」

對於蒂雅的意見，山精靈們已經設想過對策。

「為自動販賣機魔像加裝手，讓它保護自己。」

「再加上腳，讓它能逃跑。」

原來如此。

要是有腳，商品賣光後就能讓它移動到指定的地點，補充也會比較輕鬆。不，既然有手，不是連補充都能自己來嗎？

「村長。太複雜的行動，目前的魔像……」

讓山精靈們為難了。抱歉。

「呵呵呵，如果像之前那樣使用魔王國流通的魔石，或許是這樣……但是用森林裡那些兔子或野豬的魔石就不需要擔心了。」

露將我不久前交給她的那顆約十公分大的魔石擺到桌上，這麼表示。

「假如是這種尺寸，別說複雜的動作，就算是長距離移動也沒問題。」

原來如此。

「或許是這樣沒錯，不過……要我們將複雜的行動納入魔石裡就……」

山精靈芽有些為難地說道。單純的行動她們能處理，但是比較複雜的似乎需要特別的技術。

「大樹村」做得到的好像只有露、蒂雅與芙蘿拉。

「這點也不用擔心。實驗階段我能幫忙，進入量產階段後也有人選。」

「夏沙多市鎮」的伊弗魯斯學園裡，似乎有擅長將行動寫入魔石的專家。

「喔喔，那就行了。」

看來有了一線曙光。

然後小黑、小雪。桌上那顆魔石是露的，不要盯著看。你們要是吃了它會有很多麻煩，別碰。

魔像能做的事增加了，於是山精靈們提出許多主意。

就在這個時候，獸人族女孩們低調地舉手。別客氣，有意見可以說喔。

「那個，不是自動販賣機……而是關於活用魔像這部分。」

她們問能不能用魔像加工農作物。

具體來說，像是脫穀和磨粉。似乎是看見自動販賣機魔像送出商品的動作之後覺得可行，剛才又提到能執行複雜動作，所以試著問問看。

我覺得不是做不到。不，應該做得到吧。

和自動販賣機魔像相比，這個不是應該更優先嗎？總而言之，在下次收穫之前準備好吧。在入秋之前，每村一台。

至於量產、販賣……山精靈們顯得有些為難。抱歉。

4 檯面上的理由與檯面下的理由

幽暗的森林裡，五名冒險者遭到魔獸包圍。

「糟了，該怎麼辦？」

瞪著魔物的輕裝戰士問道。

「還能怎麼辦，只能打啊。」

就在手持巨劍的領隊這麼回答時，戰鬥開始了。

包圍五名冒險者的魔物，叫做行進蜜獾（Go Ratel）。身長約一公尺，外表近似狸。不過，沒有狸可愛。那股想吃掉對方的凶惡氣息太過明顯。

這種行進蜜獾，一隻就已經很棘手，更麻煩的在於牠們必定成群結隊。此刻圍住冒險者們的行進蜜獾也超過二十隻。

冒險者們雖然能夠以各自的武器牽制魔物並成功擊傷三隻行進蜜獾，但是受傷的個體很快便撤到後方，換成健康的個體攻擊冒險者們。

這樣下去，冒險者們遲早要喪命。受困的冒險者們大概也有這種預感吧，輕裝戰士揮劍的動作顯得有些畏縮。行進蜜獾靈活地躲開輕裝戰士的攻擊後，便開始集中攻擊他，準備先收拾掉弱者。冒險者們感受到了魔物們的企圖，但是無能為力。

這群冒險者的領隊，已經考慮要拋下被盯上的輕裝戰士。以那傢伙當誘餌趁機逃跑怎麼樣？他冒出這種念頭後，很快就加以否定。假如拋棄同伴導致戰力減弱，會讓他們更加無力。這種時候該救人。非救不可！冒險者領隊以堅定的聲音呼喊同伴，繼續和行進蜜獾戰鬥。

每一個冒險者都心知肚明。戰力差距令人絕望。打從遭到行進蜜獾包圍的那一刻起，他們已經毫無希望。而且，這個世界並不寬容。現實不是故事。比他們更優秀的冒險者，不會瀟灑地現身相救。困境只能靠他們自己突破，做不到就是死路一條。冒險者死在無人知曉的地方，算不上什麼罕見的事。

這群人心知肚明，但是沒放棄。因為他們是冒險者。不會放棄奇蹟降臨的可能性。

於是奇蹟發生了。

原處傳來地鳴，不是地震。這個節奏是腳步聲。腳步聲的主人身軀相當龐大。而且，不止一道。有三道腳步聲正往這邊移動。

冒險者們竊喜，心想機會來了。

戰鬥時冒出不速之客只會礙事，不過在這種狀況下倒是很歡迎。行進蜜獾們也被地鳴聲嚇了一跳，說不定會逃離現場。冒險者們想著要趁亂逃跑。

然而，行進蜜獾沒有逃，而是分出一半奔往地鳴聲的方向。牠們打算迎擊。

儘管事情發展不如冒險者們所想，但行進蜜獾的數量少了一半值得高興。

手持巨劍的領隊這麼喊道，準備繼續戰鬥。

「大家都要活下去！」

之所以沒能繼續下去，則是因為有個巨大身影出現在領隊面前。

來自哪裡？上方。

對方是跳過來的。這個巨大身影，就是方才那陣地鳴的來源？呃，應該是吧。領隊的直覺告訴他就是這樣。而且，他猜對了。

儘管看不清身影的真面目，那是個超過三公尺的人型物體。

起先領隊還懷疑是巨人族，但是巨人族應該沒有輕盈到能夠跳二十公尺吧。更何況，巨人族也沒辦法在著地時翻個兩圈還擺姿勢。

對冒險者們來說，問題在於這個來歷不明的身影看起來沒有要保護他們，反倒像是要與他們對峙。

對方儘管看上去沒拿武器，卻張開了雙手攔在領隊面前。換言之是敵人。

行進蜜獾們當場往外逃竄，大概是要拿冒險者當誘餌吧。冒險者們心想巨大身影說不定會去追擊行進蜜獾，然而事與願違。又有兩道身影落在最先著地的身影左右兩側。

完蛋了——冒險者們這麼想。

這些巨大身影，目標顯然是冒險者們。

而且，這三道身影明明沉重到能引發地鳴，和冒險者們相比卻壓倒性地靈活、敏捷。身影完全沒把行進蜜獾放在眼裡，從這點能感覺到他們實力遠比行進蜜獾來得強大。原來只是從被行進蜜獾們吃掉，改為被這些巨大身影壓扁啊。

但是，奇蹟發生了。

眼前的三道巨大身影，向冒險者們這麼說道：

「歡迎光臨，要不要來點冰涼的飲料？」

「我們也有提供熱飲。」

「還有簡單的餐點喔。」

完全自律型自動販賣機魔像。

在會議上得意忘形的結果，有了這樣的東西。當然，只是計畫。

談起自動販賣機魔像的話題之後，山精靈們的工作不斷增加，因此我向山精靈們提議，她們主要負責發明和試做，量產交給「五號村」怎麼樣？結果讓她們卯足了全力。

至於露和蒂雅，則順勢想出了魔像的自律魔石迴路。

自律型魔像雖然研究已久，卻因為缺乏材料而被當成無法實現。缺乏的材料是魔石。如果用森林兔子的魔石，似乎有五十八顆就辦得到。

「平衡控制還需要三顆呢。」

變成六十一顆了。

「露，整合全身現在是用七顆，但是不管怎麼樣都會產生延遲。這些地方是不是該換成格鬥熊或血腥腹蛇的魔石？」

呃，減少七顆，然後需要格鬥熊或血腥腹蛇的魔石。

小黑和小雪抗議魔石用量太多。哎呀，只是計畫嘛。

假如實際製作，會把山精靈們綁住半年左右。此外，也有技術方面的問題。

要解決這些問題……大概要花上半年到一年。

…………

如果只有這樣，妳們會盡力試試看？嗯～有夢很好，但是不行。改天再說吧。

到頭來，自動販賣機魔像的性能，可能會比我想的普通自動販賣機還要差。

聽取與會者們的意見後，我將販賣餐券之類的納入考量。不過，期待山精靈們試做的第一台，能達到自己所想的普通自動販賣機水準。

之所以會考慮自動販賣機，雖然是因為山精靈們得到魔石後開始加工，不過前陣子去了一趟魔王國的王都有很大的影響。

那裡的種族多得驚人。儘管待過「大樹村」、「五號村」與「夏沙多市鎮」，讓我對於這種事多少算是習慣了，但王都真的很誇張。

讓許多種族混在一起生活，想必做了很大的努力、費了相當多的工夫。我無意對此多嘴。然而，還是有個令人稍微介意的地方。那就是語言。

基本上大家都講共通語，但是部分種族、小孩只會說自己種族的語言。而且，這些人的生活圈因此受限，買東西也很麻煩。受騙上當的案例似乎也不少。

聽到這些的時候，我就在想自動販賣機的事……然而實在沒辦法立刻解決啊。

總而言之，這是我堅持要做自動販賣機魔像的檯面上理由。

至於檯面下……

則是為了那些在我面前表現得拘謹的孩子們。

實際上，烏爾莎、阿爾弗雷德和蒂潔爾去王都的學園之後，孩子們在我面前總是表現得很拘謹。

仔細一想，向我要東西的都是烏爾莎、阿爾弗雷德和蒂潔爾。以前三人是代表孩子們提要求，然而他們離開之後，沒人取代這個位置。

娜特和我相處時就不會那麼拘謹，但是她的父親加特和母親娜西好像會因此對她說教。明明不需要在意這種事的。

無論如何，孩子們想要東西卻說不出口，這不是好現象。特別是吃喝這部分，我希望他們不會受到限制。

會堅持要做自動販賣機魔像，就是想解決這個問題。

不過嘛，說穿了就是逃避。照理說我根本不該拘泥於自動販賣機魔像，而是要直接面對孩子們。自己對此稍做反省。

然後，加油吧。

題外話。

關於以自動販賣機魔像販賣的商品這點，有人提議「四號村」也就是太陽城所生產的罐頭。如果用罐頭，就能販賣飲料和食物。就算動作粗魯一點也沒關係，很方便。

但是，有兩個問題。

第一個是開封需要開罐器。目前罐頭只有「四號村」能製造，開罐器不可能流通，僅限「大樹村」相關的地方看得到。雖然也有人能用小刀開罐頭，然而這麼做需要技巧，而且容易傷到內容物。

另一個問題，則是罐頭打開之後有點危險。因此罐頭被否決了。

閒話 威爾科克斯

我的名字叫威爾科克斯。

雖然是住在「大樹村」的長老矮人之一，但村長將我當成矮人。對村長來說，長老矮人和矮人大概沒什麼兩樣吧。

或許是因為多諾邦一開始的自我介紹不好。

不過已經習慣了，沒問題。

吃完分量較少的晚餐後。

我走到屋外。比白天涼爽，還有風，很舒服。雖然天色還亮著……不過應該很快就會暗下來吧。現在的季節，星空很漂亮。等著夜晚降臨也別有一番樂趣。

我一屁股坐到村子各處都有擺的圓木椅上，把東西放上眼前的圓木桌。

放到桌上的東西，是用米釀的酒以及請一位鬼人族女僕準備的三角飯糰。飯糰沒有餡，只有加鹽調味。這是我的要求，不是鬼人族女僕捨不得放。我咬了一口飯糰。

然後，將米釀的酒倒進事先準備的小杯子裡，喝一口。

…………

說不定，自己就是為了這個瞬間而活啊。

就在這麼想時，多諾邦來到面前。

多諾邦沒開口，靜靜坐到我對面的椅子上。然後他輕輕放到桌上的是……

「醃漬蘿蔔還有淺漬小黃瓜。飯糰雖然不壞，但米釀的酒還是該配這個吧。」

真是的，這傢伙在說什麼啊。怎麼可能比得上鹽味飯糰呢？不過嘛，這些醬菜味道的確不錯……手藝有進步呢，糠床重做了嗎？

我將米釀的酒倒進多諾邦拿來的杯子裡。鹽味飯糰還有，試試看吧。啊，喂，飯糰不要剁一半，直接咬就好。也不能直接吞下去喔，要品嚐它的味道。享受米、鹽還有酒的協奏。

接在多諾邦之後來的是村長。

村長拿來的火缽……應該是七輪吧。他開始用那個七輪烤東西。

…………

聞味道就曉得了。

「這招太奸詐。」

多諾邦這麼嘀咕。我認為他說得一點也不錯。

村長烤的是鮭魚皮。以季節來說還早，應該是去年的鮭魚吧。一般來說味道會變差，然而村長對食物的熱情不允許這種事發生。他將冷藏、冷凍的魔道具徹底活用，讓去年的鮭魚也能保留好滋味。我不太了解詳情，他似乎還用上什麼真空包裝。不愧是村長。

不過啊，村長。

「皮只有這些嗎？」

我不禁問道。

這也是難免。鮭魚明明相當巨大，村長烤的鮭魚皮卻只有一點點。喔，被那些龍吃掉啦？主要是德斯大人嗎？這確實讓人很難抱怨。

德斯大人他們在村子裡自由吃喝，不過都有好好支付費用。釀酒也提供了器材方面的協助。雖然遺憾，不過鮭魚皮就用目前僅有的份頂著吧。

就在多諾邦、村長和我三人喝著酒時，酒史萊姆也來了。大概是被酒味吸引過來的吧。

平常我們會分他酒，不過今天是個不拿點東西來就沒得喝的……醬油？酒史萊姆帶了醬油過來。他從哪裡拿的啊？

村長接過醬油，看著我面前剩下的三角飯糰，然後看向七輪。

是那個吧，烤飯糰。於是酒史萊姆也參加了。

酒史萊姆之後……是陽子閣下啊。

她在「五號村」的表現實在出色，令人不得不讚嘆。我就辦不到。

可是啊，陽子閣下，今晚的酒會要是不拿點東西來……飯盒？裡面是煮好的米飯啊。和我的鹽味飯糰重疊了呢。

不是？首先，把煮好的米飯放進小型容器，然後把米釀的酒加熱？

是叫「熱燗」的喝法嗎？炎熱的夏夜還這樣喝，是不是搞錯啦？不是這樣喝？那要怎麼……居然把熱好的酒倒進裝了米飯的容器裡？

酒泡飯。

那樣好吃嗎？味道難以想像。

陽子閣下將酒泡飯擺到每個人面前。酒史萊姆率先嘗試，然後是多諾邦和村長。

唔，豈能慢人一步，我也伸出手。

⋯⋯⋯⋯

「這時就能看出各人喜好的差異呢。」

我還想拿冷的米飯配冷的酒試試。

星空下，我們享受著美酒與佳餚。

啊，不過夫人們來迎接村長，所以他中途就離席了。

5 奇怪的馬

夏天。

我拿西瓜給牧場區的馬。雖然覺得西瓜冰過後比較好，但是牧場區的馬似乎比較喜歡常溫的。

所以我將從田裡拿來的西瓜直接擺到牠們面前。馬吃西瓜會連皮吃，因此不需要切。遠處的馬也紛紛聚集過來。

拿來的西瓜只有兩顆，不過有座布團的孩子們幫忙，數量充足。大家別搶著吃。

座布團的孩子們，謝謝你們幫忙。小黑和小雪雖然頂多只能滾西瓜，不過你們的心意讓我很高興。謝謝。

我數了數正在吃西瓜的馬。總共十五匹，其中兩匹是獨角獸。

儘管每年都有數匹馬誕生，數量看起來卻沒怎麼增加，這是因為會將牠們移往「五號村」的牧場。

一直待在村裡也可以，但同一批馬一直待在同一個地方會讓血統太過單一，似乎不是好事。

因此，不是只有往外送，也會有些新的馬進來。

只不過，最早來到村裡的馬以及與牠作伴的母馬，一直留在牧場區沒動。因為牠是牧場區之主，這麼做是尊重。

馬的管理由獸人族女孩負責，似乎很辛苦。

…………怪了？

接到的報告說馬和獨角獸合計十五匹，但是不太對勁。

我又數了數。

……………有十六匹。先前是不是少算一匹？還是說，又有野生獨角獸過來了？

不是。

有一匹明顯與眾不同，外表是馬，背上卻長了不小的翅膀。那是飛馬。

這匹飛馬沒理會我的目光，沉浸在西瓜的滋味裡。這是無妨……牠應該沒破壞田地吧？馬有好好教牠規矩，所以沒問題？原來如此。

飛馬的身體和翅膀弄髒了，原因大概就在這裡。沒受傷吧？那就好。

再來……就是向管理牧場區的獸人族女孩報告吧。

飛馬。

在天上飛的馬。飛的時候會張開翅膀，但似乎不是用翅膀飛行。飛行速度和馬在地上奔跑的速度相當。飛行高度有個體差異，不過大致上是二十公尺左右。正常奔跑也做得到，然而背上的翅膀會礙事，所以比馬慢。沒辦法像天使族那樣收放翅膀啊。飛馬似乎主要在人類國家繁殖，魔王國很罕見。

所以，有人過來看了。

「那就是飛馬嗎？」

首先是文官少女組。

她們熱烈討論著以前在哪裡看過、敵人有用過等話題。討論熱烈是很好，但是妳們別穿著泳裝晃來晃去。給我回泳池。

接著來的是精靈們。

「味道怎麼樣呢？」

雖然是很誠實的感想，不過聲音別大到讓飛馬聽見。嚇到牠了。

還有，妳們也別穿著泳裝到處晃。

再來，輪到鬼人族女僕們。

「能騎著牠飛上天嗎？」

嗯，我也很好奇。

回答這個問題的，是露。

「在人類國家，有『飛馬騎兵』這個兵種喔。」

喔？

「只不過，飛馬的力氣不算大，也沒辦法長時間飛行，所以都是典禮一類場合用來炒熱氣氛的。

魔王國（這附近）領難得看見飛馬，會不會是從人類國家抓來的？」

這麼說來，這匹飛馬是從哪裡來的？難道是飛過死亡森林上空進村的嗎？

不是。

好像是混在「五號村」送來的馬匹中進村的。連接「五號村」的傳送門由芙塔管理，她的紀錄上寫著飛馬一匹。

詢問「五號村」那邊之後，我接到了「五號村」牧場管理者的道歉信。

信中內容簡單來說就是……

『飛馬這麼稀有，鐵定是村長的馬，所以送過去了。』

原來是這樣啊，能夠理解。

不過，信上九成內容是賠罪這點能不能想想辦法？很難閱讀。

另外，我有那麼恐怖嗎？不會因為這點小事生氣啦。

明白飛馬進村的方式了，那牠的主人在哪裡？如果是野生飛馬混在「五號村」倒是沒問題，假如是哪位商人或貴族的東西就麻煩了。叫陽子查一下吧。

差不多過了三天後，我接到報告。

似乎有一匹進口的飛馬從「夏沙多市鎮」逃脫，下落不明。從顏色和斑紋來看，村裡這匹無疑就是那匹逃脫的飛馬。

進口飛馬的正是戈隆商會，於是我打算立刻聯絡，結果麥可先生從「五號村」過來了。還帶著其他飛馬。

進口的飛馬總共六匹。牠們雖然是要賣給魔王國貴族的商品，但是好像還沒決定買家，所以我將六匹全部買下，包含先到村裡的那匹。因為孩子們很喜歡還搶著要飛馬，似乎是因為能騎著牠飛上天。只讓孩子們騎實在太危險，因此獸人族女孩們會陪同，不過就像露說的，飛馬容易累，無法長時間飛行，很難輪到。不少聲音喊著要更多飛馬，所以算是剛剛好。還有，我也想騎。

我一說要騎，馬、半人馬族還有天使族就會鬧脾氣，所以還沒騎過。

6 夏日散步

工作室。

山精靈大部分去「五號村」了，工作伙伴變少有點寂寞。

就在我無精打采地工作時，小黑和小雪來找我撒嬌，於是避開角摸摸牠們的頭。好乖好乖。

工作暫且做到這裡，去外面玩球吧。

…………

外面很熱所以不要？我懂你們的心情，但你們的野性去哪了？知道啦知道啦。

那麼，就在宅邸大廳玩吧。那裡又涼又寬敞。

…………

宅邸大廳堆了滿滿的東西。這是什麼？喔，山精靈們製作的零件啊。

從「五號村」運來的嗎？

山精靈們前往「五號村」是為了建立工房。

她們目前負責商品的研究、開發與量產，打算將量產部分委外……但是有山精靈這種技術水準的工匠很難找，就算找到人家也沒空。

所以，目前是招募一群想成為工匠的人，由山精靈指導他們。眼前這堆零件大概是由他們做的，屬於教學的一環。

不愧是能通過山精靈檢驗的成果，品質很好……不過同樣的零件做這麼多是打算怎樣？看來山精靈們下單時沒調整數量。

唉，畢竟不知道會有多少合格，這樣大概也是難免……

等到晚餐時再確認吧。

總而言之，現在的重點是小黑和小雪。

這麼多貨堆在大廳裡，要玩球有點困難。

怎麼辦？我問牠們，小黑表示想窩在房間，小雪則提議沿著蓄水池散步。好啦，該選哪個……在小雪的說服下，小黑也同意沿著蓄水池散步是吧。了解。

我戴上外出用的草帽。小黑和小雪也戴著吧。

去年為小黑牠們做的草帽儘管有好好保存，卻還是隨著時間過去而變得破破爛爛了，所以這是新做的。很適合喔。

蓄水池外圍，池龜們排在一起曬太陽。

大大小小加起來十二隻。這應該還不是全部，真的增加了呢。比較小的是今年出生的孩子嗎？啊，繼續曬太陽無妨，散步時繞過池龜算不上什麼麻煩。

我領著小黑和小雪，沿著蓄水池邊緣散步。由於是在水池旁邊，所以比較涼快一點。啊，池龜用魔法在蓄水池裡造冰塊嗎？我明明說了繼續曬太陽無妨。謝啦。

蓄水池北側的小池子，是蜥蜴人的產卵地點。那邊設有柵欄，不能輕易靠近。現在雖然不是產卵期，還是不該隨便接近，所以我們繞路走。

抵達蓄水池西側時，幾隻小黑的子孫們出來迎接。大家剛剛在村子外圍戒備吧？於是我慰勞牠們的辛勤。

…………

小黑的子孫們羨慕地看著小黑和小雪戴的草帽……一直盯著看。

…………

知道啦，晚點幫你們做。不過沒辦法一隻一頂。大家輪流戴吧。

西側有水道以及通往河川的道路。

水道會經過史萊姆用的池子，水會在那裡淨化……不過，池子裡的史萊姆多到滿出來了。

史萊姆應該也覺得很熱吧。大家要輪流喔。

通往河川的道路有打點過，相當乾淨。

嗯？這個腳步聲是……半人馬族啊。差不多到了定時聯絡的時間呢。

為了定時聯絡而來的半人馬族，和平常一樣是三人。

他們向我打招呼，表示沒有異狀，然後直接往宅邸移動。因為負責應對定期聯絡的人在宅邸等待。我不能在這裡耽誤他們。

定時聯絡的半人馬族離開之後，兩隻小黑的子孫現身。你們是在護衛定時聯絡的半人馬族對吧？辛苦了。

我沿著道路朝半人馬族離去的方向移動。

這條路通往蓄水池南側的居住區。

由於已經偏離蓄水池外圍，所以我向製造冰塊的池龜致謝後道別。居住區沒什麼人在外面走動。這個時間大概不是在工作就是去泳池了吧。

只剩座布團的孩子、住在世界樹上的蠶，以及樹精靈。樹精靈比較不怕熱嘛。不過，注意別逞強。帽子……對妳們來說反而是負擔嗎？也是呢。

咦？粗編的草帽就沒關係？「一號村」製的草帽太細緻所以不行？我做的草帽就可以？妳們真懂得怎麼催人呢。知道啦。我那邊有已經做好的，之後再拿過來吧。

座布團的孩子和世界樹的蠶……你們知道哪邊通風比較好，所以待在涼爽的地方睡午覺？要等到陽光沒那麼強再活動是吧？原來如此，抱歉打擾你們睡午覺了。

我橫越居住區準備回宅邸，卻看見孩子們和哈克蓮與海賽兒迎面走來。

海賽兒和馬克一起來到村裡後就一直待著。可能是中意村裡的生活吧，她沒有回去。所以，馬克也留在村裡。夏天明明很熱，馬克卻一直泡在溫泉地。

孩子們和哈克蓮，大概是因為上午的課程結束所以要去泳池吧。

海賽兒是在幫忙哈克蓮嗎？她懷裡有本厚厚的書。好像沒見過那本書耶？就在我這麼想的時候，盯著小黑和小雪的海賽兒翻開那本書。

「果然。」

海賽兒彷彿有什麼新發現一樣，開心地向哈克蓮報告。

按照她的說法，小黑和小雪好像不是普通的地獄狼。正確說來，小黑似乎該稱為諸王統領(Inferno Wolf Emperor)，小雪則是諸王統領之妻（Inferno Wolf Empress）。還真是不得了的名字。別給你們戴草帽，改成王冠會不會比較好啊？

順帶一提，小黑最早的孩子與牠們的伴侶……小黑一、小黑二、烏諾、小黑四好像是地獄狼之王（Inferno Wolf King）。愛莉絲、伊莉絲、小黑三、耶莉絲則是地獄狼之后（Inferno Wolf Queen）。

原來如此，不過小黑的子孫就是小黑的子孫，我可不會有差別待遇喔。

我和哈克蓮他們分開後，抵達宅邸。

宅邸中果然涼快。大廳裡，回來的山精靈們忙著把貨物搬進倉庫。

山精靈芽向我報告：

「製作滑軌式硬幣計算機，看來果然還得靠我們自己。」

這樣啊，實在沒辦法偷閒呢。

不過，什麼東西都委外量產也不好。文官少女組也提醒過我，隨便將技術散播出去很危險。那就加油吧。

山精靈們只是為了整理東西才回來一趟，其中一半還要趕回「五號村」。剩下那一半，則要開始量產滑軌式硬幣計算機。

知道啦，我也會幫忙。

小黑、小雪……你們要跟著我是吧。這倒是無妨。

啊，在這之前必須先把草帽拿給樹精靈。另外，也得做小黑子孫們用的草帽。

……加油吧。

閒話 硬幣計算機

◆滑軌式硬幣計算機．初期型

試作品，以死亡森林砍伐的木材製造。

外觀單純，但使用了大量魔石，能對應各種硬幣。

為了該分配到哪裡而引發爭執，由文官少女組贏得勝利。

◆滑軌式硬幣計算機．先行量產型

為了回應「希望儘快有得用」這個要求，山精靈們將其他工作丟一邊所做的。

外觀比起初期型更單純，但隨著製作次數逐漸改善，性能在初期型之上。

做了八台，「五號村」和「夏沙多大屋頂」各三台。兩台分配到「大樹村」。

◆滑軌式硬幣計算機．量產型A

魔王國的王族和貴族看見「大樹村」的先行量產型後，裝出平靜態度持續逼問：「一台多少呀？」

結果便開始生產。

為了提昇量產速度並壓低成本，省略部分功能。成為以對應魔王國流通貨幣為主的計算機。

生產台數為二十四台。二十台送給魔王國，四台送給戈隆商會。

◆滑軌式硬幣計算機．贈禮型

將量產型A裝飾得比較豪華的版本。

由於是供貴族使用，採納了「希望能更為美觀」這項意見而開始製作。在外觀方面，山精靈於「五號村」新設立的工房大為活躍。

附有手工製作的專屬盒，戈隆商會定價兩枚金幣，但總是處於缺貨狀態。即使預訂，也要等上至少一年。也有數台是回收量產型A後改裝而成。

◆滑軌式硬幣計算機．量產型B

採納了「希望將價格壓低到庶民水準」的要求，拋棄耐用與外觀的量產型。

材料從「五號村」周邊蒐集，部分零件向外發包，以低價為目標。

不過就算是這樣，依然要價約十五枚銀幣，令人擔心今後的銷售量。

題外話，有部分手頭寬裕卻沒購買贈禮型的商人，擅自將量產型B改裝，導致計算性能出現問題。改造、改裝，請洽得到認可的工房。

◆滑軌式硬幣計算機．特殊型

獎勵牌專用的計算機。

放在宅邸大廳，誰都可以用……但是目前無人使用。

頂多就是春天村長發獎勵時會用吧。

某人類國家的某處，財務大臣與部下的對話。

「這就是在魔王國引發熱烈討論的硬幣計算機嗎？」

「是的，相當不簡單的產品。」

「我國能生產嗎？」

「做得到，不過……」

「怎麼樣？」

「需要使用不少魔石……量產恐怕不太容易。」

「原來如此。」

「而且，它沒有對應我國流通的貨幣，調整可能有困難。」

「唔，這麼一來就派不上用場了。」

「是的。購買時，商家也有表示能夠客製化成對應其他地區的貨幣，但是我們拒絕了。」

「……為什麼拒絕？」

「這樣會暴露是來自哪個國家。」

「嗯。確實，如果穿幫就麻煩了。可是啊……」

「如果拿到指定的工房，好像只要一枚大銅幣就能幫忙客製化……」

「真傷腦筋……這等於宣告我國的技術不如魔王國的技術。不能做出這種事。唔唔唔唔唔…………

哎呀，算了！不需要！我國不需要這種東西！」

「屬下明白。就這麼處理。」

「花的錢不能浪費，繼續研究。」

「屬下了解。」

日後。

魔王國送來對應該地區硬幣的客製化贈禮型，財務大臣認為產品無罪，決定好好運用。

另一個人類國家的某處，財務大臣與部下的對話。

「偽幣？」

「是的。有些硬幣遭到硬幣計算機排除，經過調查之後……做得相當巧妙。」

「數量有多少？」

「從王宮裡隨便挑了一千枚銀幣調查的結果，有十二枚是偽幣。」

「檢查了一千枚嗎？」
「因為有硬幣計算機在。」
「原來如此，真是方便。」
「雖然它是魔王國製造的，令人不太舒服。」
「不管是誰做的，好東西就是好東西，這點千萬別忘記。」
「非常抱歉。」
「不過一千枚裡居然有十二枚是偽造的，真多啊。」
「是。不過屬下認為，該慶幸在這個階段就發現偽幣。」
「確實。召集大型商會，提醒他們多注意。還要調查偽幣混進來的管道，有可能是他國的陰謀。」
「屬下了解。」
「還有，用硬幣計算機把王宮的錢全部檢查一遍。我們可不能用到偽幣啊。」
「遵命。」
部分國家企圖以偽幣製造經濟混亂，在大臣的迅速應對之下沒讓它發生。

我利用擺在「大樹村」迷宮深處的傳送門，前往「五號村」的陽子宅邸。

芙塔待命的房間就在「五號村」的傳送門附近，所以我先去那邊……啊，她出來迎接了。

「不好意思，妳在忙嗎？」

「哪裡，畢竟管理傳送門才是本業。今天……記得是拍賣會的日子吧。您要參加嗎？」

「接到邀請了嘛。」

「我想，就算拒絕也不會有問題喔。」

「那可不行啊。」

「我明白了。」

芙塔在記錄用紙上留下紀錄。

「同行者和往常一樣，是格魯夫和達尬他們兩個。」

站在我後面的格魯夫和達尬向芙塔點點頭。

「這兩位也沒問題，護衛工作還請加油。」

我個人覺得不需要護衛……然而似乎不行。這點已經認命了。

我從擺在傳送門房間出入口附近的箱子拿出錢袋，隨便往裡面塞些中銅幣、大銅幣、銀幣與金幣。

這是在「五號村」買東西用的。

基本上，我如果在「五號村」買東西，都是日後一併請款。也就是賒帳。

雖然當場付錢比較輕鬆，但假如每次都當場付容易導致手邊沒現金，這樣似乎會造成困擾。因此，與可以信賴的對象有金錢往來時，一般都是記在帳上等日後一併付清。

我在「五號村」所開的幾間店，「小黑與小雪」、「青銅茶屋」、「甘味堂科林」與「酒肉妮姿」也有部分客人賒帳。例外的只有引進餐券制度的「麵屋布里多爾」。

總之了解到賒帳是常態。冷靜一想，和戈隆商會往來也是這種感覺嘛。

所以我賒帳買了不少東西……但是出了問題。沒人來請款。

詢問為什麼不來請款之後，他們表示能在「五號村」安心做生意是拜我所賜，所以不能收錢。

大家的心意讓我很高興，但是這樣會對生意造成困擾吧。

思考著該怎麼辦時……卻發現其他人——露、蒂雅、陽子、高等精靈、山精靈與矮人們賒帳時也沒人來請款。這樣實在不行，於是禁止「大樹村」的居民賒帳，要大家當場把貨款付清。

幸好，我們不缺現金。

結果就是我手裡的錢袋和現金。格魯夫和達尬也同樣拿了錢袋裝硬幣。

儘管多少有點麻煩，「大樹村」的居民們還是漸漸接受這項措施。除此之外，「五號村」那邊……應該說陽子，也表示讓現金在市場上流動是好事，所以強烈建議大家這麼做。

不過，這會造成另一個問題。

由於是店家遷就我們將賒帳改為現金交易，為了避免給對方添麻煩，我們必須說：「不用找錢。」

儘管現金多到不需要在乎零錢，小市民個性難改的我卻始終無法習慣。真羨慕格魯夫和達尬能若無其事地這麼做。

順帶一提，孩子們不能自由拿錢，有規定的上限。必須培養他們的金錢觀念。

我向守門人打了聲招呼，走出陽子宅邸。

陽子在村議會，所以我去露個臉。要是來「五號村」卻沒露面，她會鬧脾氣。

除了聽陽子講「五號村」的情報之外，也順便和她商量拍賣會開始前這段時間該怎麼辦。

到劇場觀賞戲劇如何？最近流行戀愛故事？嗯～沒什麼興趣。

活動設施……今天是三十人對三十人的團體戰嗎？真虧他們能召集這麼多人。受傷難免，不過希望大家能注意別鬧出人命。

問我要不要去看？不去。如果我去，反而會讓大家更來勁吧？所以連評論都不會給喔。

到藥草院消磨時間嗎……藥草院擠滿了患者？喔，聽到傳聞後從各地聚集到這裡的是吧。不能打擾他們。人手夠嗎？不然我去幫忙……啊，不，我沒有要助長混亂。還是別靠近藥草院吧。

向露道歉？因為把她珍藏的藥草用來治療啊。人命優先，這也是難免。等見到露會和她說一聲。

…………

生髮劑？呃……畢竟有這方面問題的人確實很困擾嘛。就當成是治病吧。

嗯，這個話題到此為止。

去「小黑與小雪」打發時間吧。

為什麼陽子也跟著來啊？呃，無妨就是了。

「小黑與小雪」生意興隆。不過還是有座位空著。我們各自點了飲料，悠哉地坐著。

「這麼說來，村長。聽說你也有拿東西出來拍賣？」

「嗯，因為人家說希望有主打商品嘛。放心，負責挑選的不是我，是露。」

「那就放心了。」

「真沒禮貌……雖然想這麼說，不過我畢竟幹了很多蠢事嘛。」

我有反省。

「那也是村長的優點，不需要氣餒。這次的拍賣會，也是這項優點所帶來的結果吧？」

「唔。」

本來拍賣會預定在「夏沙多市鎮」舉行。即使沒打算參加，希望至少能夠觀摩一下的我，不小心把這種想法說出口。還是在主辦拍賣會的戈隆商會會長麥可先生面前。

結果，原定在「夏沙多市鎮」舉行的拍賣會，臨時改在「五號村」舉辦。

我之所以提供拍賣會協助，就是因為這樣。

其實只要能觀摩就夠了……不過嘛，我也的確很期待，還是別想太多吧。

對於麥可先生的好意，就用「出高價把看中的商品買下來」回報吧。我這麼告訴自己。

於是我悠哉地在「小黑與小雪」待到拍賣會開始。

題外話。

離開時，我有記得把銀幣擺在桌上，並且這麼說：

「不用找錢喔。」

「呃……這裡的營業額，不都是屬於村長的嗎？」

代理店長姬涅絲塔吐嘈。

「我知道，這是練習。」

必須早點習慣才行啊。

8 拍賣的展示會

於「五號村」舉行的拍賣會，會場設在山腳。

平常當成棒球場的地點啊。此刻地面已經整平，還架了許多帳篷。

拍賣會上的商品，好像會在這些帳篷裡展示。

拍賣大致上分成兩種，其一是喊價。大家各自出價，最後由出最高價者買下。

另一種是投標。將名字和自己能出的價格寫在牌子上，再將牌子放到商品前，時間到了之後，由賣家從牌子裡選擇賣給誰。

這次「五號村」舉行的拍賣會，兩種方式都有。

因此，展示品前有箱子的是投標。如果沒擺箱子而是寫了號碼的牌子，就是用喊價的。號碼是在拍賣會上登場的順序。

基本上我是來觀摩的，所以哪種都無妨……但是有箱子的商品好多啊。投標是主流嗎？不是。

拍賣會原本該持續好幾天，但是在「五號村」的拍賣只有今天，所以時間不夠。原來如此。

順帶一提，「五號村」的拍賣會之所以只有今天，是因為明天這個場地要舉行棒球比賽……無法改期嗎？啊，其中一隊是魔王的隊伍啊。而且少說半年前就已經排好了，確實沒辦法改期，可以理解。

陽子、格魯夫、達尬和我四個人逛展示會。

雖然看起來相當熱鬧，不過考慮到有賣家和警衛之後，似乎也沒那麼多人。

實際參加拍賣會的好像三十人左右，也不知這樣是多是少。啊，偏少是吧。果然是因為換地方嗎？這麼少人，能炒熱拍賣的氣氛嗎？

理論上，拍賣成交金額會有數個百分點是戈隆商會的抽成……擔心這部分應該很失禮吧。

身為「五號村」的村長，就相信這場拍賣會能夠熱鬧起來吧。

我們在看商品時，遇到包含優莉在內的一群人。

和優莉在一起的五名女性……好像是貴族千金。似乎是陪雙親來參加拍賣。優莉為我介紹她們。

我起先有點提防，結果每一位都訂婚了，於是在心中向她們賠罪。

至於我們這邊的介紹，則由陽子負責。

貴族千金們對於達尬、陽子和我沒什麼反應，聽到格魯夫的時候卻相當明顯。看來武神格魯夫的威名很有效。喂喂喂，妳們已經訂婚了吧？抱上去這種不成體統的行為還是免了吧。令尊令堂會哭喔。格魯夫則是既尷尬又害羞。

…………

回村子之後，把這件事告訴他的夫人吧。

這些貴族千金，似乎昨天就待在「五號村」。她們讚賞「五號村」的旅館，說很舒適。

貴族千金們的下榻地點多半是最好的旅館，不過受到稱讚還是令人高興。

她們表示餐點也很美味。特別是「麵屋布里多爾」，排隊很累人。居然還排隊啊……我看向優莉。

為了避免和貴族產生糾紛，應該有為貴族安排外送服務才對……

「來到掛上布里多爾這個名字的店，不能放肆。」

這是貴族千金們的意見。

優莉有告知外送服務一事，然而她們似乎沒這麼做，而是和其他人一樣乖乖排隊。

換句話說，貴族千金們也是坐在櫃台前吃拉麵嗎？

…………

店裡沒問題吧？晚點去「麵屋布里多爾」露個臉，慰勞一下員工好了。

稍微聊了幾句後，我們和優莉一行人分道揚鑣。

貴族千金們的父母應該也在，所以我原本考慮要打聲招呼……但是沒找到。該不會還沒到會場吧？

絕大多數的商品情報都會提前告知，所以也有些參加者選擇不來展示會。似乎是不想因為對商品太過關注導致競爭對手增加。可能是基於「有人想要的東西會顯得比較好」這種心理吧。

我也有收到拍賣品的情報，但是忙得沒時間看。相對地露、蒂雅與文官少女組倒是很熱心。搞不好她們會來參加。

總而言之，雖然很遺憾無法向貴族千金們的父母打招呼，沒找到人也無可奈何。唉，反正昨天陽子已經打過招呼了，應該沒問題吧。

既然如此，我就繼續逛展示會……然後便遇見魔王一行人。

魔王和比傑爾。

以及不知為何坐在魔王肩上的蒂潔爾。

「爸爸！」

久別重逢令人開心，但是為什麼有條繩子把妳和魔王綁在一起啊？

「欸嘿嘿。哥哥說，外出時絕對不能解開。」

蒂潔爾已經脫離需要綁繩子避免走失的年紀了吧？阿爾弗雷德真愛擔心呢。還有魔王，抱歉我家女兒給你添麻煩了。

「哪裡哪裡，蒂潔爾小姐幫了我很大的忙。如果可以，真希望立刻讓她進王宮工作呢。」

哈哈哈哈哈。

聽到自家女兒被稱讚，身為父母不可能不開心，不過這麼明顯的吹捧我可不會相信喔。雖然臉上的笑意實在藏不住。

魔王他們好像是為了明天的比賽而先來調查……但還是會參加拍賣會的樣子。

他們似乎已經看上某些東西。我只能說麻煩手下留情。

不過嘛，我只打算觀摩就是了。

「不不不，村長鐵定會想要那樣東西的。」

魔王這麼說……是指哪樣東西啊？

和農業有關嗎？

「這個嘛，敬請期待。它排在七十號。」

預期能拍出高價的商品，會留到後面。
這次排到一百號，所以七十號在後半。或許不便宜。如果想要該怎麼辦？先做好心理準備吧。
於是在拍賣正式開始前，我們就和魔王他們一起逛。
我看的不是那些商品，而是蒂潔爾。
「蒂潔爾真可愛呢～」
「欸嘿嘿～」

9 拍賣會

拍賣會的喊價，是在比棒球場內野……還要大上一點的帳篷裡舉行。想要進帳篷或者參加拍賣，需要邀請函。
格魯夫將我的邀請函遞給接待人員。魔王也將邀請函遞出去。
對方接過邀請函，將與人數相同的牌子遞給我們，出入帳篷時好像會用到。
比傑爾的傳送魔法怎麼辦？禮貌上不會在這種場合使用。原來如此。
唉，帳篷嘛。真想進出大概也擱不住。

帳篷裡有幾張桌子和椅子，大概是按照團體人數擺的吧。

就在我不知該坐哪裡時，有位女僕來帶路，她將我們領到中央最大的那區。

原本想換個地方，不過魔王他們好像也坐在一起。那就沒問題，畢竟蒂潔爾也在嘛。

桌上擺著兩個寫了號碼的牌子。我和魔王的。

參加喊價時，似乎要舉起這張牌子。我正想拿起來時，達尬先拿了。這種場合似乎不是本人拿，而是由傭人拿。

這倒是無妨，但魔王是自己拿耶。因為比傑爾也要喊價？原來如此，比傑爾請那位帶路女僕幫他準備一塊牌子。他似乎也是自己拿。

…………

我的提議。

魔王的牌子由格魯夫拿，比傑爾的牌子由達尬拿，至於我的牌子由蒂潔爾拿，怎麼樣？

反對的只有陽子，她希望自己也有點事做。

這麼說令我很為難，不過最後請陽子擔任顧問。畢竟我看不出拍賣品的好壞又不懂行情嘛。

拍賣時，有一件事要注意。

得標商品的貨款，要在三十天內支付，僅此而已。

如果無法遵守，會沒收交給主辦者的保證金。

……保證金？我有交這種東西嗎？好像要三十枚銀幣？具有一定地位的人似乎可以免除。可以理解魔王和比傑爾不需要交，但我可以不交嗎？算了，反正這場拍賣是戈隆商會主辦，就當成是人家特別關照吧。反正得標後會乖乖付錢。

順帶一提，倘若想用等價物品來支付貨款也可以談，不過得標後又要求降價是種失禮的行為。這部分要記好。

其他參加者也到齊了，於是拍賣會開始。

首先，播放音樂。然後，工作人員配合音樂將從外面搬進來的舞台迅速設置到場內空下來的位置。之所以不先設置，則是為了告訴大家沒有可疑人物躲藏。

音樂停止，麥可先生登場。他在舞台上問候大家。可能是因為參加者有魔王和貴族，所以他的問候顯得鄭重其事。上了一課。

「這一次要請各位競標的商品，編號從一號到一百號。缺號為十一號、二十四號與五十二號。」

所謂缺號，就是指基於某些緣故而取消出品。像是商品在運送時破損之類的，原因很多種。

某處傳來呻吟，可能他看上的商品正好是缺號吧。

「拍賣由一號開始。祕密商品是十的倍數，以及九十號以後。」

所謂的祕密商品，就是指沒有公開詳細資料的拍賣品。好像是因為不混些讓人期待的東西容易導致冷場。

拍賣還會冷場啊？嗯，應該是他們長年舉辦下來累積的經驗吧。
話說回來，記得在逛展示會的時候，魔王講的編號是七十號。
…………
知道祕密商品內容的只有主辦方和賣家，所以賣家是魔王或比傑爾？
好像不是，單純因為賣家是熟人才會知道。原來是這樣啊。
「那麼，最後還有幾句話。」
麥可先生清清喉嚨。要總結了吧。
「有錢嗎——————！」
咦？
我當場愣住，魔王他們卻以盛大的歡呼回應。麥可先生接著又說道：
「有想要的東西嗎——————！」
喔喔喔喔喔！
「無論如何都想得到嗎——————！」
喔喔喔喔喔喔喔喔喔喔喔！
「那些礙事的傢伙，就用裝滿銀幣的袋子揍他！」
喔喔喔喔喔喔喔喔喔喔喔喔喔喔喔喔喔喔喔喔喔喔喔！
「拍賣會正式開始！」

喔喔喔喔喔喔喔喔喔喔喔喔喔喔喔喔喔喔喔喔喔喔！

…………

和想像中的拍賣會氣氛有點不太一樣。

「出品編號，一號。〈古爾古蘭德山挖到的星輝石〉。數量一瓶。銀幣十枚，起標價銀幣十枚。」

舞台上的主持人……被稱為拍賣官的人敲響起始鐘，喊價開始。

「銀幣五十枚。」

現在是舉牌競價的時間……但是沒人出來競爭。

拍賣官敲鐘，結束。

嗯~真希望他拿木槌啊。下次試著向麥可先生提議吧。

「出品編號，二號。〈古爾古蘭德山挖到的星輝石〉。數量一瓶。銀幣十枚，起標價銀幣十枚。」

咦？同樣的商品。

「如果一起出品，可能會因為太貴導致沒有買家。所以才分成好幾份。」

陽子這麼告訴我。原來如此。

「銀幣五十枚。」

沒人競爭，得標者和剛才是同一個人。

「出品編號，三號。〈古爾古蘭德山挖到的星輝石〉。數量一瓶。銀幣十枚，起標價銀幣十枚。」
「十二枚。」
「十三枚。」
「二十枚。」
「二十三枚。」
「三十枚。」
「三十五枚。」
和剛才不一樣，這次有人競爭。但是，標到一號、二號的人好像沒參加。這是怎麼回事？
這回由比傑爾告訴我答案。
「標下一號和二號那個人是大型魔法工房的關係人士。考慮到財力後，和他競爭多半是不智之舉。所以，其他人可能已經事先商量好，讓出一號和二號，相對地請他不要對三號出手。」
還可以事前商量啊？似乎可以。
然而，要是因此用不合理的低價買到，就會招來不必要的怨恨，因此禮貌上要出得比行情價還要高一些。三號最後以一百三十枚賣出。
原本以為很花時間的拍賣，進行得相當快。

畢竟事前都商量好了嘛，幾乎沒怎麼競爭。有點失望。

能理解為什麼沒有祕密商品會冷場。祕密商品就會有適度的競爭，比較熱鬧。

但是，格魯夫一舉起魔王的牌子就結束又是怎樣？因為沒人想和魔王競爭財力呢。

可能就是因為這樣吧，魔王也不太參與喊價，一開始就宣告要買幾樣了。

三樣。

因此，魔王標下六十五號商品後，他就要格魯夫把牌子反過來拿。示意不再參加。帳篷內眾人顯得鬆了口氣。

要是祕密商品裡有想要的怎麼辦？啊，由比傑爾代為競標嗎？原來如此。

「爸爸、爸爸，我也想舉牌。」

說得也是，差不多要輪到魔王講的七十號了。

「蒂潔爾，準備囉。」

「嗯，金額可以也讓我講嗎？」

「要大聲說才行喔。」

「我會努力。」

呵呵呵，真可愛呢。

哎呀，不能看到呆掉。七十號是什麼呢……

「下一個是祕密商品。出品編號，七十號。〈農業日記〉。約七百年前的物品，於某貴族的倉庫發現。作者為洛加特・馬斯林，著名的農業研究家。這裡面寫著他與親手開闢的農田所共度的時光，文字不夠流暢卻記載得十分詳細。本次拍賣將這本著作當成農作物的研究資料，不過想來當成休閒讀物也別有一番樂趣。雖然有些損傷與髒汙……但是沒有無法閱讀的部分。沒有缺頁，然而封底有一行應為多年後才寫上的文字。說是文字，不過看起來並非既有文字，我們無法解讀，也有可能是隨手亂寫。起標價銀幣十枚。」

……原來如此。所謂我會想要的東西，就是指農作物的研究資料啊。確實想要。

雖然想要，不過我在意的是封底上的一行字。

『這本書裡，記錄了藏有種子的地點。』

不小心看到了。

種子？什麼種子？令人在意。既然在意，那就只能標下來了。

「十三枚。」

「十五枚。」

「爸爸，對手似乎有兩個。要競爭到什麼程度？」

「到得標為止。」

「那麼……銀幣一百枚！」

蒂潔爾這麼一喊，戰局就此底定。

「一百枚銀幣等於一枚金幣對吧，沒花多少錢。」

我在這方面也沒什麼自信，但還是找個時間檢討一下孩子們的金錢觀吧。

10 拍賣會下半場

拍賣還沒結束，但是陽子、格魯夫、達尬、魔王、比傑爾和我已經討論起有關孩子教育的話題。

「要培養金錢觀，還是勞動最好。我認為只要自己工作賺錢，就會曉得金錢的價值。」

魔王這番話我能認同，但是優莉以前有工作過嗎？

「我讓她在城裡的廚房幫忙。」

喔喔。

我聽了感到佩服，比傑爾在旁補充只有半天。

「即使只有半天，勞動一樣是勞動。透過勞動賺取報酬，這很重要。」

確實。仔細一想，村裡的孩子們幫忙都沒有給他們現金。這會不會是個錯誤？

不，獎勵牌每年都會依照工作量發放一次。那個應該能當成勞動的報酬……

「從下一個商品到一百號都是祕密商品。出品編號，九十號。〈精雕細琢的石製獎牌〉。千萬別因為只是一面石製獎牌就輕視它。這面獎牌的材料不得了，居然是只能在『死亡森林』採集到的死白石。稀有的死白石，為什麼會加工成獎牌的形狀呢？至於上頭的雕刻，其中一面是大樹，翠綠的大樹。另一面則是農業神，精美到有股神聖氣息。如此精巧的雕刻是怎麼做到的？這是一樣充滿謎團的物品。起標價銀幣一枚。」

呃……那是獎勵牌吧？連隱藏圖案都有。

從編號看來……是發給半人蛇族的獎勵牌。

這麼說來，記得半人蛇們說過，在德萊姆巢穴工作的惡魔族逼她們以物易物，就是那次嗎？來報告的半人蛇族顯得十分惶恐，不久後得知這場交換的古吉前來賠罪，但是已經發出去的獎勵牌要怎麼使用是個人自由，無論是裝飾或賣掉都可以。

也不知道中間經過了哪些事……居然出現在拍賣會上。這倒是無妨，不過獎勵牌在「大樹村」以外的地方應該沒什麼價值……

「十五枚！」

「十六枚！」

「十七枚！」

價格逐漸攀升。

呃……魔王，你不是不參加嗎？比傑爾，想要的話我可以多給你幾枚喔？畢竟總是承蒙你的傳送魔法關照嘛。所以拜託別參加。

陽子，拜託妳別讓蒂潔爾舉牌好嗎？

「三十枚！」

蒂潔爾，不要一口氣把價格抬高。

「三十二枚！」

「三、三十三枚！」

「三十五枚！」

除了我們這桌之外，還有其他人熱心參與。獎勵牌確實是我的自信之作，但是你們就那麼想要嗎？

如果不和「大樹村」扯上關係，它就只是個裝飾品呀？

…………

好像有人慌了？怎麼回事？因為價格已經抬到比預期還要高嗎？

「三十七枚！」

「三十八枚！」

「四十枚！」

然而，那些人看來沒放棄。

「四十五枚！」

「四十六枚！」

嗯～競爭激烈呢。

自己雕的獎勵牌受到肯定雖然值得高興，卻讓我覺得很不好意思。

「五十枚！」

「……五、五十一枚！」

我自己標下來怎麼樣？自己雕的獎勵牌自己回收？浪費錢啊。

儘管不缺錢，那些都是村子的財產，不想亂花。

「六十枚！」

「六十一枚！」

「銀幣，一百枚！」

帳篷內頓時安靜下來。

聲音好像來自先前都沒參與的桌子。

那個耳熟的聲音是……露。蒂雅也在。莉亞和安待在她們身旁。

什麼時候來的？不，更重要的是，我記得每年都會給她們好幾枚啊？就這麼想要嗎？就在我感到疑惑時，又有人出聲。

「一、一百零一枚！」

帳篷內爆出歡呼。看來是一位商人打扮的男性奮勇出價。

「兩百枚！」

但是，露步步進逼。

商人打扮的男性顯得十分為難，大概是超出預算了吧。

此時露再度出聲，彷彿要給對方致命一擊。

「銀幣一千枚！」

勝負分曉。

下一樣商品開始拍賣。

趁這段時間，我把露她們叫來自己這一桌。

蒂潔爾想找蒂雅撒嬌，卻被那條把她和魔王綁在一起的繩子礙事。繩子可不是我的命令喔。是阿爾弗雷德他們。

話說回來，有標下獎勵牌的必要嗎？

「我想確立獎勵牌在外面的價值。」

確實，這場拍賣的得標價大概會成為基準……不過，最後抬太高了吧？

「獎勵牌，一枚值銀幣千枚，換成金幣是十枚。這樣簡單易懂。」

那是我雕的耶？而且一天能做百枚以上，很快就會變得沒價值喔。

「沒關係啦。話說回來，接下來輪到我們出品的東西囉。」

是這樣嗎？

「從下一個商品到一百號都是祕密商品。出品編號，九十五號。〈蛇酒〉。物如其名，酒裡泡了蛇……然而牠不是普通的蛇。這個大酒桶裡，泡了一條五公尺長的血腥蝮蛇。血腥腹蛇是真貨，我們有鑑定士的鑑定結果。根據釀這桶酒的長老矮人表示，酒的味道還行。至於蛇酒該有的效果……據說非常驚人。順帶一提，如果把桶裡那條五公尺長的血腥腹蛇拿出來賣，少說也值五十枚金幣。戈隆商會願意收購，假如要賣請別客……失禮了。按照賣家的要求，起標價金幣五十枚。」

…………

沒人舉牌，明明能多賺到酒的部分。

「最後的商品。出品編號，一百號。〈格鬥熊全身的骨頭〉。呃……和字面上一樣。這是格鬥熊的骨頭。全身上下一塊都沒缺。魔石也在。根據鑑定士的鑑定結果，它是真貨。呃……這項商品的起標價是金幣兩百枚。」

…………

沒人舉牌。這也難免，畢竟是骨頭嘛。

結果，我們提供的商品沒人喊價，真是丟臉。

而且，因為從九十五號到一百號都是我們出品的東西，所以最後冷場了。感覺對不起麥可先生。

為了表示歉意，就把整副格鬥熊骨送給他吧。就算只計算魔石，似乎還是有一定的價值。

提起魔石我才想到，這次拍賣出品的魔石似乎相當多。

「喔，那是因為達馮商會的專賣權取消了。」

露告訴我原因。

原本在魔王國做魔石生意是達馮商會的特權。不久之前，他們的專賣權被取消了。所以將魔石脫手的人變多了。原來如此，是因為這樣啊。

魔王和蒂潔爾在竊笑……事情和他們有關嗎？

「不是我們的要求喔，這是達馮商會主動提出的。」

「沒錯沒錯，嚇了大家一跳。」

好假。

麥可先生走上舞台，宣告拍賣會閉幕。

和開幕時相比真是安靜。同時，其他參加者紛紛湧向麥可先生。出了什麼問題嗎？

「拍賣會結束時常見的景象，是找主辦方交涉買那些沒拍賣出去的商品吧。」

比傑爾為我解答……那些沒拍賣出去的商品，可以結束後才去交涉嗎？

「沒問題。要在一個月之內付清高價商品的貨款，對他們來說可能有困難吧。交涉時應該會加上延長付款期限之類的條件，以高於起標價的金額交易。」

原來如此。

換句話說，我們出品的那些東西有可能賣出去。那麼代表格鬥熊骨暫時還不能送人。遺憾……嗎？

11 拍賣會歸途

原本以為拍賣會完畢就要解散，但因為有標到東西，所以處理相關手續花了點時間。

說是手續，也只是在幾張羊皮紙上簽名。標到的商品，是在支付貨款後才領取，要等到日後。

麥可先生說有事要商量，我明天大概也得來「五號村」一趟。啊，魔王是當場付清領貨啊。

離開帳篷時，已經是晚上了。

不過，到處都點著火把，所以還算亮。

…………

和樹精靈的光相比，就會讓人介意火光的晃動與煙。還有，消耗量。

整個「五號村」都用了不少火把。總量應該很驚人吧。如果不想個對策，附近的山恐怕要禿了。

雖然還有向「夏沙多市鎮」採購柴火，然而並不是別處的山就能讓它禿。

這麼說來，在王都……沒怎麼用火把。相對地有路燈。魔法燈啊，能不能得到那個呢？

思索這些時，魔王詢問我接下來的行程。之後的行程是回村吃飯，和往常一樣。

這麼回答之後，他便邀我吃飯。

他們似乎找了優莉和芙勞，預定要在「五號村」的陽子宅邸一起吃晚飯。

很高興能受邀，不過餐點沒問題嗎？人數突然增加會讓人家困擾吧？喔，向外面訂的啊。

原來如此，這樣就沒問題……呃，是向「酒肉妮姿」訂的啊？嗯，看來蒂潔爾也在，那我奉陪吧。捨不得和她分開嘛。

安，抱歉。今晚……算外食嗎？我會在外面吃過飯才回去。

露、蒂雅與陽子也想同席，莉亞和安好像要先回村。

格魯夫和達尬呢？離開當成拍賣會場的球場時我這麼問，卻發現兩人舉起武器進入戒備模式。

還來不及問怎麼回事，就有群人現身包圍我們。全都拿著武器。

「村長，這裡讓我來。」

陽子這麼說完，往前一站。

「我受託管理此地。雖然只是不入流的東西，卻也不能放任他們亂來。」

陽子正要出手時，圍住我們的那群人裡突然有人倒下。似乎是被人家從後面敲昏的。

誰啊？動手那個男的，看起來只是普通的居民啊？

就在我感到疑惑時，疑似居民的人接連出現，把圍住我們的那群人撂倒。

「竟敢包圍村長和陽子大人，你們這些傢伙做好心理準備了吧！」

看樣子，他們沒有要與我們為敵。

呃……別攻擊已經倒地失去意識的人，這樣會要了他們命。

「好像是來幫我們的……什麼人？報上名來？」

聽到陽子質問，最先動手的男子回答：

「是，我叫加哈．洛嘉，在山腳賣些小東西。我判斷這些圍住村長與陽子大人的傢伙是敵人，所以出手攻擊。」

原來如此。

「辛苦你了，晚點來領獎賞吧。」

「感謝大人。不過，身為『五號村』的居民，我只是做了該做的事。恕我辭退獎賞。」

「嗯。那就不給獎賞，改為支付報酬吧。這裡約有一百張『麵屋布里多爾』的餐券。有參與的人拿去分吧。」

「是，非常感謝您！」

…………

陽子真有領主風範啊。我在感到佩服的同時，也看向魔王。

「魔王（我）就在這裡，居然還敢動手……是不是我的知名度不夠啊？」

魔王顯得很沮喪。

比傑爾、蒂潔爾與我，三人一起安慰他。

「放心，沒這回事。」

「對啊，他們只是沒想到魔王大人會在這裡吧。」

「因為我坐在你肩上，所以他們看不見你的臉啦。」

警衛隊趕到，將剛才包圍我們的人全部逮捕。

包圍我們的總共十七人。似乎是遠方知名的盜賊團。

他們為什麼會來這裡？挑在我們剛離開拍賣會場時現身，是因為覺得我們很有錢嗎？詳情要等後續審問才會知道。

嚇到蒂潔爾了呢。沒事吧？好乖好乖。

不過，這個盜賊團還真蠢。這裡除了魔王和陽子之外，還有露、蒂雅、莉亞與安，連格魯夫和達尬也在，居然還敢襲擊我們。

無論如何，要好好審問。說不定還有其他同伴。

儘管盜賊團入侵城鎮是個問題，既然他們原本不在這附近活動，那麼大概也無從阻止。得想個方法得到遠方盜賊團的情報才行啊。

我們將善後交給警衛隊，隨即往陽子宅邸移動。

比傑爾儘可能避免在村裡使用傳送魔法，所以我們徒步移動。可能因為發生剛才那件事吧，格魯夫和達尬嚴加戒備。不過，居民們的防備比他們還要誇張。不需要守得這麼嚴密啦。雖然很高興大家有這份心意。

還有魔王，不用一直強調，大家也知道你是魔王。

拜託不要邊走邊自報名號，這樣很丟臉。

閒話　盜賊團的足跡

糟糕。

糟糕、糟糕、糟糕、糟糕，怎麼會變成這樣。

我的名字叫阿斯特拉，在一個小有名氣的盜賊團擔任團長。

老實說吧，我被恐嚇了，對方來歷不明。

對方告知理由，都怪我的部下太疏忽。

那個部下似乎偷了某個冒險者的東西。這種事經常發生。既然如此，拜託別來找我，直接去找那個部下。你要我怎麼辦？想辦法幫部下善後？按照我們的規矩，把那個部下趕出去就完事啦……

閣下的要求……不是這樣對吧。我明白。

部下……說部下讓人不爽，叫他蠢蛋吧。蠢蛋似乎把從冒險者那裡偷來的東西賣給商人了。

如果對方要我出錢倒還簡單，然而這個來歷不明的傢伙好像是要那個被偷走的東西。真麻煩。而且買下那東西的商人還參加了某個城鎮的拍賣會，已經開始移動。

來歷不明的傢伙要我們去追那個商人，回收被偷走的東西。雖然很難，也只能照做。如果不做，只會當場變成屍體。

對方的實力，我很清楚。畢竟我的部下超過一百人，卻被對方全滅。不過，既然要我們回收偷走的東西，好歹稍微手下留情吧。

該不會，對方什麼都沒想？這就更危險了。加油吧。沒什麼，目標是個商人，總會有辦法的。

呃……除了自己以外能動的……大概三十人。我留下一半治療其他動彈不得的部下，帶著其他人展開行動。

目標商人已經往拍賣會的地點移動，但是會在途中做生意，所以無法預測路線。

既然人數變少了，就沒辦法沿路找。不過，我知道舉行拍賣會的地點。可以去那邊等。只是好遠。旅費也不是小數目。

要是沒錢，就只好和平常一樣做些盜賊勾當，然而我們不在自家地盤，想儘量避免這麼做。一個不好，會和當地的盜賊為敵。這麼一來，就得過上連覺都不能睡的逃亡生活。這可就麻煩了。

所以我們沿途壓低支出，偶爾還做些臨時工。這趟漫長的旅程花了兩個月。

抵達那座城鎮時有股奇妙的成就感，讓人差點掉下眼淚。

不過，我們的目標並非抵達拍賣會地點，而是從即將到來的商人那裡取回人家指定的物品。

先試著交涉。如果不行，很遺憾只能用偷的了。

要是動作太大會惹火這一帶的盜賊，但我們只是從住在我們地盤的商人那裡偷東西而已。他們應該會睜隻眼閉隻眼吧。

總而言之，我們留在這裡等候商人抵達。

…………

距離拍賣會開始還有一個月以上。為了賺取食宿的費用，我們決定在這裡找些領日薪的工作。

我們勘查拍賣會場，一邊思考偷竊方法一邊與打工同伴混熟，漸漸習慣了這個城鎮的食物。就在這時，來了個衝擊性的消息。

拍賣會要改到別的城鎮舉辦。

先前的準備全都變成白費力氣，眼前一片黑暗……但我很快就恢復冷靜。

幹盜賊這一行，目標採取出乎意料的行動也是常有的事。別慌張，只要冷靜應對總會有辦法。我們一直都是這樣過來的。

…………

經過一番打聽，得知新的拍賣會場在「五號鎮」，離目前所在的「夏沙多市鎮」約一天的路程。當臨時工時也去過那附近，沒問題。

只不過，拍賣會的日期也改成一週後。沒時間了。

不，立刻移動還來得及，但是沒辦法這麼做。我以為拍賣會還早，已經排了臨時工。雖然我是盜賊，承諾依舊很重要。

…………說實話吧。

我沒錢，所以想走都不行。該死，都怪「馬菈」的飯太好吃！部下們，別再吃了！要存移動資金！最後一頓？

…………今天是最後一次吃「馬菈」喔！

我們勉強在拍賣會當天抵達「五號鎮」。

不過，入境審查出乎意料地嚴格。會放過光明正大拿在手裡的武器，而藏起來的武器或暗器卻要沒收。這是怎樣啊？

算了，反正這次用不到那些藏起來的武器和暗器，被沒收也無妨。重點在於，拍賣會的會場……一眼就看到了，謝天謝地。

可是不能隨便靠近。先蒐集情報。附近有……拉麵街？

…………

哎呀，吃飯很重要嘛。

儘管隔壁坐了看起來像貴族千金的人嚇到我，自己還是專心吃麵。這是用筷子吃的料理。沒什麼，在「馬菈」練過的我們毫無破綻。畢竟那邊除了用湯匙吃的咖哩之外，也有好幾種用筷子吃的料理嘛。

我一邊吃一邊教身旁那些看起來像貴族千金的人用筷子……不要勉強，用叉子吃也行喔。

盡情享用了拉麵，好吃。

儘管不太想說是吃飯花太多時間的錯，然而事情變得有點麻煩。

我們成功與那名商人接觸，回收目標物品好像也有得談……不過，商人已經把那樣東西送去拍賣，所以不在手邊。不太妙。

要是在拍賣會上沒人出價，東西就會回來，但如果轉到其他有錢人手裡，最糟的情況下會沒辦法回收。不得已了。

於是我威脅商人，如果東西快被標走，他就要自己出價買回來。商人認得我，於是乖乖點頭。稍微安心了。

行不通。

好像是資金充裕的對手出了高價，根本無法競爭。

原本以為，既然是自己標回來，那麼要怎麼抬價都沒關係，然而事情沒那麼簡單。如果允許賣家喊價把東西買回來，就能自己抬高商品的價格。所以，基本上賣家不允許對自己的東西出價。

不過，有漏洞能鑽。只要不是賣家本人就好。因此，商人拿錢給他認識的另一位商人，拜託人家標下來。

當然，人家拿了多少錢就只會出到多少。要是勉強標下來後卻付不出錢，把東西標下來的人會失去信用。商人雖然想追加金額卻來不及，拍賣就此結束。

嗯，不得已。只好動用最後手段，我本來不想這麼做就是了。

拍賣會的警衛睜大了眼睛監視會場內，因此我們在出入口附近等待。

一鼓作氣衝上去，把東西搶了就跑。儘管很想再吃一次拉麵……不過還是死了心吧。命比較重要。不能和那個來歷不明的傢伙為敵，盡力而為吧。

喂，商人。把東西標下來的是什麼人？把服裝之類的特徵告訴我。

你就算講名字我也不認識啦。標下來的是個女的……和肩膀上坐著小女孩的一行人會合了？一直坐在肩上嗎？移動時都是啊。父女感情真好。

唉，也罷。提醒大家盡可能別殺人吧。受傷就只能請對方包涵了。

…………

等了一會兒之後，肩上坐著小女孩的男子與同伴們走出來。人數雖然多……但是有一半是女的。行得通。部下們也送來「沒問題」的信號。好，上吧。

我走向前去。

然後，我們遭到居民襲擊。

……咦？為什麼？
我們被抓了。

12 拍賣會後的餐會

可能是多虧了魔王的宣傳吧，我們順利抵達陽子宅邸。
優莉和芙勞已抵達。看來讓妳們久等了，真抱歉。先前和優莉待在一起的貴族千金們也要參加啊？
……沒問題吧？有認出魔王是魔王吧？我有點擔心，不過看來沒問題。
她們很有禮貌地問候魔王和比傑爾，我想也是。
畢竟她們和優莉待在一起，怎麼可能不認識自己國家的領袖魔王嘛。魔王看起來心情不錯，相當滿意。太好了。
莉亞與安按照預定回「大樹村」。
兩人回去之前，我再次邀她們留下來吃飯，不過她們說有事要忙。什麼事啊？算了，勉強留人也不好，何況自己吃完飯也要回村嘛。

晚餐就如魔王所說，是「酒肉妮姿」派人送來的。

原本以為是大家圍著長桌坐下規規矩矩用餐，看來是自助式吃到飽。好像是因為正式晚宴排座位順序很麻煩。

這裡雖然是「五號村」，但也是魔王領的一部分。那麼，誰坐上座？該按照怎樣的順序排座位？這部分似乎非常麻煩。

…………

需要煩惱嗎？我覺得讓魔王坐在上座就好啦？座位順序應該也沒那麼麻煩吧？算了，大概有什麼我不清楚的規矩吧。看來就是為了排除這些麻煩才選擇自助式吃到飽。

我是受邀方，細節就不過問了，交給人家處理。

我被領到一張可供數人圍坐的桌子旁。

同席的有魔王、陽子與優莉。原本該由身為妻子的露和蒂雅同席，不過陽子是「五號村」的代理村長，在這個場合陽子的地位似乎比露她們還高。

蒂潔爾擺脫了繩子，黏著蒂雅撒嬌。吃飯、上廁所和洗澡時似乎會解開繩子。理所當然。

即便已經問過好幾次了，但是到底為什麼要綁上防走失的繩子呢？去問阿爾弗雷德？我知道了，下次寫信問問吧。

另一桌是露、蒂雅、蒂潔爾、比傑爾和芙勞。就在旁邊，近到能夠交談。只有貴族千金們那張桌子，在比較遠的地方。原本以為會近一點，不過好像是為了讓她們用餐時能輕鬆一些。

格魯夫和達尬沒有用餐，而是待在屋裡戒備。即使我覺得可以一起吃，然而似乎不能這麼做。

他們站在牆邊，好像是要監視侍者。確實，魔王周圍如果沒人戒備會是問題。

不過，魔王好像比格魯夫和達尬還要強呀？魔王就連面對德斯和基拉爾都撐得住耶？保護對象的強度不是問題？或許是這樣沒錯啦……算了，記得別太勉強自己。

拜託他們另外為格魯夫和達尬準備餐點吧。

餐點端過來，擺到大桌子上。

雖然是自助式吃到飽，但好像對侍者說一聲就會端過來。我是覺得自己拿比較輕鬆，不過周圍沒人這麼做，所以也不太方便自己過去。

算了，別管這麼多，好好享受餐點吧。呃……就交給你了。魔王這麼說，於是我有樣學樣。原來如此，的確輕鬆。而且很好吃。

酒是……「五號村酒」啊。

「因為是在『五號村』吃飯。」

陽子這麼說道，然後為我倒了一杯「五號村酒」。謝謝。

不過，先幫魔王倒吧。啊，魔王那邊是優莉倒啊。魔王害羞了。

我們一邊聊一邊吃。

雖然不時有些難懂的話題，這些就交給陽子。我嗎……負責聽大家閒聊。

關於烤肉的部分。

首先會把一整塊烤好的肉端出來讓客人看，然後才切肉分給大家……而切肉這件事，好像要由在場地位最高的人來做。

這麼做的理由，是為了避免讓人抱怨肉的大小。不過長久下來，變成分到的肉有多大就代表在上位者對你有多信賴。為了避免造成大家不滿，切肉好像還需要些技巧。大人物也真辛苦啊。

而且，還有人會因為肉的大小謀反……這也太蠢了吧？世界真大。

好啦，就在我們用餐時，來了好幾位客人。

首先是麥可先生。

他對我們在拍賣會場外遇襲一事表示關切，也為此賠罪。不不不，這不是麥可先生的錯。

麥可先生就這樣坐下來，和我們一起用餐。他和蒂潔爾聊了起來。雖然不曉得兩人聊些什麼，不過麥可先生，你不用聽得那麼認真吧……

然後是白銀騎士、青銅騎士與赤鐵騎士他們三個。赤鐵騎士的隨從也在，應該是四個。

他們來當侍者的，不過目的是見魔王一面。

原本還擔心雙方會吵起來，卻看見四人遵循非常正式的禮儀問候魔王。我好像還是第一次看見這麼正經的騎士舉止，有點感動。

魔王也以不至於太過傲慢的語氣問候四人，之後和平常一樣。四人看見這樣的魔王之後，讚嘆地說不愧是魔王。要讚嘆是無妨，侍者的工作可別丟下囉。

順帶一提，剛才過來的這四個人。

明天的棒球比賽，他們預定以「五號村」那一隊的身分出賽。應該會讓魔王的隊伍嚐到苦頭。

接下來的訪客，是警衛隊的部隊長。

他找的不是魔王而是陽子。

據他表示，有個商人雖然沒參與我們剛出拍賣會場時的襲擊，卻有教唆別人襲擊魔王的嫌疑。目前已經抓住那個商人加以軟禁，他來詢問陽子該如何處理，還有報告那個盜賊團的調查進度。

陽子想了一下之後，和魔王商量。

「那些襲擊我們的犯人，就交由『五號村』處置，沒意見吧？」
陽子，我覺得這不叫商量喔。
還有魔王，這麼簡單就答應好嗎？慣例好像是誰逮捕犯人就由他所屬的組織負責處置犯人。雖然還有很多例外。
陽子給了幾個指示後，警衛隊的部隊長便離開了。
明明在吃飯卻來了很多訪客，令我有些疑惑，然而這是有原因的。
貴族千金們的家長好像要來訪。所以事前已經通知過，就算在吃飯也能放客人進來。原來如此。
然後，貴族千金們的家長來了。
五人。
一位子爵與四位男爵。五人的問候都很正式，但問候的對象是不是弄錯了？為什麼不是魔王而是優莉和陽子？
還有陽子，不要在聽完之後就介紹我，真拿妳沒辦法。
我簡單地說自己是「五號村」的村長，並且介紹身旁的魔王。
啊，原來是沒注意到魔王在場啊，他們相當吃驚。
會上門拜訪，也是為了向優莉和陽子打招呼。

我是應魔王之邀過來的，因此以為是魔王的主意，原來這頓飯是優莉的主意嗎？這樣啊。
呃……魔王，沒關係啦。
看樣子他們難得去王都一趟，不認得也是難免啦。
就任魔王時有召集貴族，所以不可能不認得？這就很難說囉。人家都講了當時只能待在很遠的地方看呀。
優莉，別丟著魔王不管只顧自己吃東西。比傑爾，過來幫忙～！
儘管出了點問題，這頓飯還是順利來到甜點時間。
西瓜、哈密瓜與鳳梨切得漂漂亮亮，擺成水果拼盤。上面還有冰淇淋，該算是聖代嗎？
甜點端上桌時，最後的訪客到了。
一名身穿女僕裝卻被五花大綁的女性，以及將她帶來這裡，此刻面有難色的人——正是德萊姆的管家古吉。
啊，那位穿女僕裝的女性，原來是惡魔族啊。喔～

閒話　普拉妲

我的名字叫普拉妲，長命的惡魔族之一。

以前大鬧四方，不過最近都安分守己，因為我們的老大效忠龍族了。

如今我在龍族底下工作。就算是我，也敵不過龍族。啊，別誤會喔。我不會輸給尋常的龍，反而能痛打他們一頓。

敵不過的是神代龍族。畢竟那些傢伙的存在本身就等於犯規，完全不會想挑戰他們。

真虧我們的老大敢挑戰那種對手，令人敬佩，不過我可不會效法。

好啦。

我有兩位同事或者說老朋友，布兒佳和史蒂芬諾。她們同樣是惡魔族，強度和我差不多，應該吧。

不，或許比我強一點，但是條件配合得好我就能贏，所以說差不多也行。

她們兩個呢，不久前出差去當拉絲蒂小姐的貼身女僕了。這位拉絲蒂小姐是龍族女孩，非常粗暴，原本以為她嫁不出去，結果不知不覺間就嫁掉了。

唉，拉絲蒂小姐的事先擺一邊。

布兒佳和史蒂芬諾在出差的地方好像過得很開心。每次有事回來時，她們都會炫耀那邊的東西有多好吃，好像還能和很強的對手切磋，有點羨慕。

不過最讓我羨慕的，還是她們拿到了叫做獎勵牌的藝術品。

藝術品的誘惑令人難以抗拒。我超喜歡漂亮的東西。一眼就迷上了她們給我看的獎勵牌。好想要。一定要得到它。

但是，她們不願意讓給我。試著糾纏她們，但是不管用。

我因為失意而蹺班，結果被老大罵了。嗚。

某天，半人蛇們抱著貨物來到我的職場。

定期貨運。

我們從半人蛇手裡接下貨物，運到和職場有點距離的旅舍。

將貨物交給來到旅舍的商人是工作的一部分。雖然麻煩，但算不上辛苦。就只是和平常一樣處理。

原本以為沒什麼意外之處，不過我看見了把貨送過來的其中一隻……不好意思，其中一位半人蛇的項鍊。

項鍊本身沒什麼大不了。但是，項鍊中央嵌著那個獎勵牌。

…………

我費盡千辛萬苦，堅持不懈，死纏爛打地交涉。

就這麼把自己大部分的收藏品拿去換了那枚嵌在項鍊上的獎勵牌。想要的東西一定要得到它。我就是這種女人。

看著獎勵牌竊笑，蹺了大約三天的班，於是被上司揍了一頓。好痛。

老大得知我有獎勵牌，過來質問怎麼回事。

我和半人蛇的交涉應該很紳士才對。沒有威脅對方，那是正當交易，沒什麼能質疑的地方……我是這麼想的，難道搞砸了什麼嗎？

我小心翼翼地試著詢問。沒問題？那就好。

不過獎勵牌禁止外流？這種事根本不用講，誰要放手啊。一定是當成寶物好好保管啊。

數年後。

商人和護衛他的冒險者們，為了到旅舍領取定期運送的貨物而造訪。

商人他們原本是到我的職場領取，但是因為這樣很麻煩，所以我們安排了旅舍當交貨地點。

由於用途如此，商人和那些擔任護衛的冒險者，照慣例會在這裡住一晚。來到龍族安排的旅舍，不可能不住。可是這麼一來，就得經營這間旅舍。這是我們的工作。

不過嘛，客人幾乎都是同一批，工作起來相當輕鬆。現在是餐後的遊戲時間。陪客人打發睡覺前這段時間也是工作的一部分……這是騙人的。其實是因為我喜歡和別人對戰。

我喜歡黑白棋、西洋棋、麻將等需要動腦的遊戲。撞球和迷你保齡球也不壞。玩遊戲就要賭錢。不是多誇張的金額，還在助興的範圍內。這樣是為了讓人認真玩，同時也算是一種娛樂。

這次玩的是四子棋。

沒能上麻將桌的護衛冒險者之一，和我一起享受四子棋的樂趣。

基本上呢，獎勵牌我是貼身收藏。

因為把它當成寶物，所以平常放在錢包的暗袋裡。

…………老實說吧。

我喜歡和人對戰，但是更喜歡賭博，而且是會沖昏頭的那種。

明白了嗎？

商人和他的護衛們回去後過了三天，我才發現自己的失態。

因為賭輸，自己把整個錢包都交給人家了。

於是我追了上去。追商人。

不，追擔任護衛的那群冒險者。我認得他們的長相，知道他們的行動，應該很快就能找到。一定找得到啦。在哪裡～！

差不多過了一個月。

丟下工作不管很可怕，但是總比惹火老大來得好。

然後終於找到了！

人就在「夏沙多市鎮」的「馬菈」，醉得一塌糊塗。喝得這麼醉還真少見。不過，現在那些都不重要。必須快點讓他清醒然後把錢包拿回來……哎呀，別喝了。

「喂喂，女僕大姊。不要動粗啦。還有，今天就讓這傢伙喝個痛快吧。」

我從和那個冒險者一起喝酒的男人口中，聽到絕望的消息。

「因為這傢伙啊，錢包被偷啦～」

13 普拉妲擅長的事

把獎勵牌藏在錢包裡，結果為了付賭金交出整個錢包。雖然找到贏走錢包的人，錢包卻被偷了。

但是她沒有就此放棄，而是一邊在德萊姆的巢工作，一邊追蹤偷走錢包的人。花了兩年，總算找到錢包竊賊所屬的盜賊團。

不過錢包裡的獎勵牌已被發現，並且轉賣給商人。於是命令盜賊團從商人那裡取回獎勵牌。

她所命令的盜賊團，就是在拍賣會場外襲擊我們的那批人。

「大致上是這樣，沒錯吧？」

我從古吉的說明裡擷取重點，向他確認。

「是的。然後這個被綁起來的女僕，就是把獎勵牌藏在錢包裡又命令盜賊團把獎勵牌搶回來的愚蠢普拉妲。我認為您應該想宰了她，所以把她帶來。請動手吧。」

古吉講得很恐怖，看來他非常生氣。

不過，我倒是不覺得有那麼嚴重。

關於獎勵牌這部分，我沒交代過不得外流。要裝飾要轉讓，都是大家的自由。頂多就是希望別把它當成賭博的籌碼。

這次事件並非當成籌碼。某方面來說算是意外。

所以我個人是無意處罰普拉妲，但古吉好像希望我處罰她。要是老實地說她這麼做沒問題會如何？只是變成由古吉來處罰她嗎？

這倒是無妨……不過普拉妲一直用求助的眼神看我。這種時候還是先找古吉確認一下吧。

「普拉妲的罪名是？」

「使喚盜賊團，導致這次事件發生。」

原來如此，的確沒錯。

要從商人那裡拿回來，這麼做或許比較快，但找盜賊團幫忙這點，要說有問題確實也是有問題。

不過，聽吃飯時來報告的警衛隊部隊長所言，這個盜賊團不是殺人越貨那種，而是跟人家收過路費那種。

之所以挑在我們走出拍賣會會場時動手，也是從得標金額判斷無法用錢交涉，才會做出這種無謀的行為。

嗯~該怎麼辦呢。

我向周圍求助，但是沒人伸出援手。不僅如此，大家還都別開目光。感覺就是不想扯上關係。我也不想扯上關係呀……真沒辦法。

「罰普拉妲勞動吧，期限就到她賺取一定金額為止。」

「這樣行嗎？」

古吉向我確認，我告訴他這樣就好。

「普拉妲也沒問題吧？」

對於我的詢問，普拉妲用力點頭。

嗯？

「啊，非常抱歉。為了讓她別多話，我用魔法封住了她的嘴。」

古吉一彈響手指，普拉妲便開口道謝，大概是魔法解除了吧。

嗯。不要在表達感謝的話語中夾帶對於獎勵牌的渴望。我想，古吉之所以態度嚴厲，就是因為普拉妲這一點喔。

好啦，說了要罰普拉姐勞動……該讓她做什麼才好呢？即便是處罰，讓她去做不擅長的工作，也只是降低效率而已。普拉姐有什麼擅長的事嗎？

我試著詢問古吉。

「普拉姐擅長的事……嗯……」

他陷入苦思。

呃，別說什麼請給你三天。有那麼糟嗎？古吉愈是煩惱，普拉姐看起來就愈想哭耶。

「對了，文書工作應該可以！」

古吉一副總算想到的模樣。

普拉姐似乎能負責記錄等資訊編纂工作。不，似乎可以說是擅長。德萊姆的巢幾乎沒有文書工作，導致她沒機會表現，因此一下子想不起來。古吉為此道歉。

然後，古吉的這番話，讓餐會參加者們開始搶人。

「來魔王城工作怎麼樣？每個月我可以出三枚銀幣。」

起頭的是魔王。

「『五號村』保證除了每個月三枚銀幣之外，餐廳還會提供早晚餐。」

然後，陽子緊隨在後。

「戈隆商會可以提供食宿。每個月三枚銀幣加五十枚大銅幣。」

麥可先生也跟進。

「五枚銀幣，食宿……自費。」

蒂潔爾也參加？漲幅應該還在常識範圍內吧。

咦？芙勞也想參加？村裡確實是想要能處理文書工作的人才啦……

競爭愈來愈激烈，但是古吉出面喊停。

「呃～基於古老的契約，在魔王國工作會有點問題……」

契約內容不能詳述，不過按照古吉的判斷，在「五號村」工作好像是極限。

換句話說，成了陽子和芙勞一對一。

「三枚銀幣，只有晚上供餐。」

「兩枚銀幣加五十枚大銅幣，不供餐。」

和方才不一樣，價格愈喊愈低。

普拉妲以「為什麼？」的眼神看向我，但是我也不懂。

露為我解釋。

「競爭對手沒了，而且是懲罰，所以讓人不想出高價喔。」

原來如此。

總而言之，普拉妲。不管妳要選哪個，快點決定比較好喔。

結果。

普拉妲在「五號村」工作。

每個月一枚銀幣。

提供食宿，視為陽子的部下，短期內會先讓她處理幕後工作。

「話說回來，村長，普拉妲要賺多少才能獲釋？」

古吉向我確認，於是我回答：

「畢竟起因是獎勵牌嘛。就讓她賺足一枚獎勵牌的金額吧。」

一千枚銀幣。

…………

每個月一枚銀幣，所以一年十二枚銀幣。呃……八十三年再多一點吧。

感覺有點可憐耶。

考慮挑個適當的時機幫她加薪吧。不過嘛，要先看她的表現就是了。

我一邊思考這些事，一邊享用著餐後的飲料。

古惡魔普拉妲。別名——蒐集藝術品的惡魔。

要從她那裡搶走藝術品很簡單，找她賭博就好。

因為她雖然愛賭，賭技卻很差。不過就算贏了，也不能隨便將其藝術品占為己有。
要是拿走藝術品，她會動用各種手段把藝術品拿回去，非常危險。
那麼，該怎麼辦才好？
很遺憾，還是放棄藝術品吧。要從她那邊搶的不是藝術品，而是她的知識。
賭贏之後，如果要求用知識代替藝術品，對方會欣然接受。
由於她具備許多和金錢有關的知識，所以搞不好也有人稱其為金幣惡魔。

〈引自惡魔大辭典〉

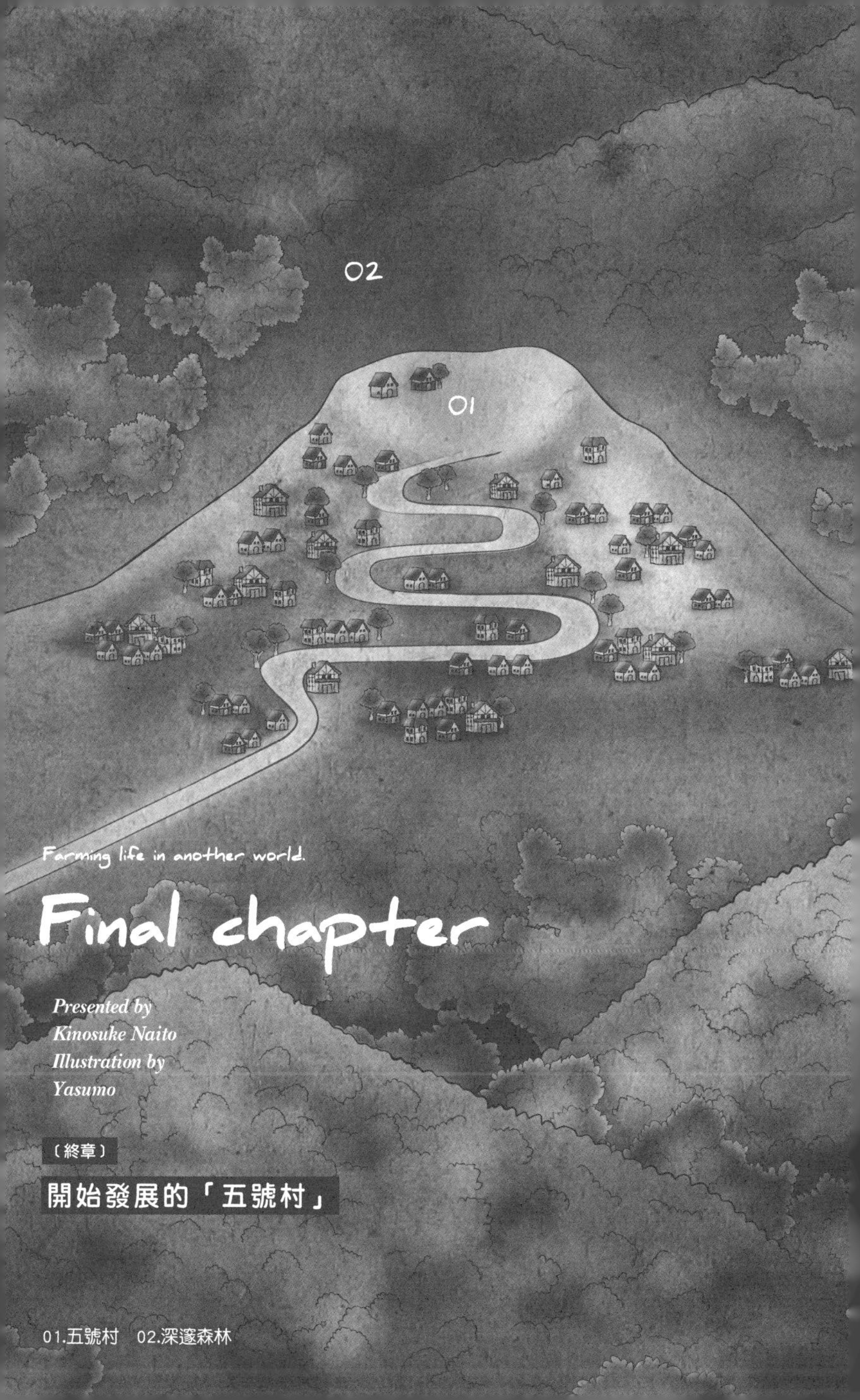

Farming life in another world.

Final chapter

Presented by
Kinosuke Naito
Illustration by
Yasumo

〔終章〕

開始發展的「五號村」

1 觀看棒球賽

餐會結束，貴族千金們與她們的家長問候完魔王、比傑爾、優莉與芙勞四人，便先後準備離開。

咦？我也有份？

我也是客人之一，不需要這麼多禮啊……問候語不要講得比對魔王說的還長。由於人家都這麼有禮貌了，所以自己也一起送行。

然後才注意到。

不知不覺間，包含莉亞在內的高等精靈們已經在陽子宅邸周邊戒備。莉亞說有事要先回村，原來是指這個啊？大概是因為剛遇襲吧，雖然只是未遂……全副武裝也未免太認真了吧？放輕鬆一點……不能這樣啊。只好對她們說聲辛苦了。

穿越傳送門要回「大樹村」時，小黑牠們前來迎接。

大概是聽莉亞和安講了我們剛剛遭到襲擊的事吧。害你們擔心了嗎？抱歉。

阿拉克涅的阿拉子也很擔心是吧？謝謝。座布團的孩子們也是。

不過，為什麼都是些具有攻擊性的種族啊？不可以擅自使用傳送門喔。會嚇到那邊的芙塔。

回到宅邸之後，也有許多村民表示關心。
莉亞與安怎麼說明的啊？是不是講得太誇張啦？還是說，她們也生氣了？
和我一起回到「大樹村」的古吉，為我解答疑問。
「村長遇襲。雖然襲擊者已經遭到逮捕，但是在查清背後的關係前，必須強化村長周邊的防備。高等精靈全部做好戰鬥準備往『五號村』移動。」
莉亞回到宅邸之後，好像是這麼說的。
接著，她便趕往「五號村」，慌張的座布團與小黑牠們則交給安。安將情況詳細解釋給座布團與小黑牠們聽。
然後，她去找當時在「大樹村」和拉娜農玩的德萊姆，確認落入德萊姆巢內的獎勵牌怎麼樣了。
德萊姆說應該還在巢裡，一旁的古吉也表示同意。然而，有不祥預感的德萊姆命令古吉確認獎勵牌的狀況，於是發現了普拉妲的愚行。
古吉抓住普拉妲，來到「五號村」。
順帶一提，德萊姆當時似乎還幫忙攔下想從傳送門前往「五號村」的小黑牠們與座布團的孩子。真是不好意思。
還有幸好把普拉妲留在「五號村」。要是帶她來這裡，搞不好會有麻煩。陽子的判斷真是漂亮。
咦？陽子的尾巴稍微垂下了？

怎麼啦？陽子看的方向是……座布團？有話和陽子說？這倒是無妨，不過，呃……這次事件不能怪陽子喔。

「五號村」的代理村長是陽子？話是這麼說沒錯……

陽子以眼神求救，我只能盡力而為。

隔天。

我再度來到「五號村」。

雖然是因為有事要和麥可先生談，不過他還沒準備好，所以我坐在觀眾席看棒球賽。

猛虎魔王軍（Tigers）對五號村鐵牛軍（Bisons）。目前七局下半八比八，是一場打擊戰。

我從二局開始看，比賽有模有樣。有點感動。

猛虎魔王軍的三棒歐潔斯、四棒海芙利古塔、五棒姬哈特洛伊十分活躍。擔任捕手的中年男性也以多采多姿的配球巧妙地引導投手陣。平常似乎都是戈爾、席爾、布隆其中一個主投，但他們這次缺席。遺憾。

不過就算是這樣，猛虎魔王軍的投手陣容依舊有足夠的深度。每一位登板的投手都投得很好。

之所以會失分，該誇獎五號村鐵牛軍的進攻漂亮。他們頻繁地觸擊和盜壘，並以速度取勝。不揮大棒，始終以打到球為目標的態度令人敬佩。拿起球棒就想用力揮的人很多，真虧他們能這麼遵從指示。

特別是五號村鐵牛軍的一棒白銀騎士、二棒青銅騎士、三棒赤鐵騎士，上壘率和得分率都很誇張。

可能是因為他們三個都把鎧甲脫掉了吧，腳程很快。

喔喔，五號村鐵牛軍的四棒在無人出局滿壘的情況下，做了個安全觸擊。呃，正確說來是自己也上壘的強迫取分？我不太清楚觸擊和強迫取分的差別，在三壘有跑者的情況下觸擊就算強迫取分嗎？

大概是因為出人意表，守備應對慢了一拍，所以跑者都安全上壘，得一分。八比九，五號村鐵牛軍領先。

五號村鐵牛軍的監督是在「小黑與小雪」當代理店長的姬涅絲塔，這個戰術相當大膽。

不過露出那種連在觀眾席都看得很清楚的邪惡表情是怎樣？伊雷在攝影，還是注意一點比較好喔。

相對地，猛虎魔王軍的監督魔王，今天沒讓蒂潔爾坐在肩上，畢竟那樣還是會礙事吧。

今天蒂潔爾坐在魔王身旁的葛拉茲肩上。換成我的肩膀……雖然沒辦法，但可以坐我旁邊吧？啊，蒂潔爾向我揮手，於是自己也揮了揮手。

葛拉茲也揮手……但他看的應該不是我，而是觀眾席的蘿娜娜。感情真好。

「讓您久等了。」

七局下半的進攻結束時，麥可先生來了。

原本以為要換個地點，不過麥可先生坐到我旁邊，表示在這裡講無妨。既然麥可先生認為沒關係，那就不需要移動了。我們一邊看球賽一邊談生意。

似乎有人想買下露出品的所有東西。

目前以起標價的十倍到二十倍來談，然而這邊有個問題，就是付款期限。

如果要現金，希望能等到這個時候；如果要物品，我們已經準備了這些東西，會用它們來支付——

大致上是這樣的內容。

我對現金沒有迫切需求，所以交給麥可先生處理。

「非常感謝您的信任。」

「我才該道謝，抱歉把麻煩事推給你。手續費可以多收一點無妨。」

「感激不盡。」

就在麥可先生道謝時，比賽結束了。

十一比十，猛虎魔王軍勝利。嗯～五號村鐵牛軍真可惜。

參加比賽的兩隊並未就此解散，整理完球場之後，似乎還有一場名為交流會的餐會。

雖然我也想參加，但畢竟只是來看球的，不能打擾他們。

我和麥可先生一同往戈隆商會在「五號村」的據點移動。

普拉妲在這棟屋子裡。她似乎昨天就開始處理文書工作……喔，拜託她指出文書內容有哪些缺失並幫忙修正啊。原來如此，看來相當優秀。就這樣好好努力吧。

我對普拉妲打過招呼之後，向麥可先生領取標下的商品。

原本昨天拿也可以，麥可先生他們當時看起來很忙。

其實再晚一點也行，但看球賽時麥可先生說不用客氣，所以就不跟他客氣了。

《農業日記》。

之所以顯得很厚，大概是因為用了羊皮紙吧。紙很厚，所以頁數沒那麼多……有八十頁啊？比想像中還多呢。

然後，封底有這麼一行──

『我在這本書裡，記錄了藏有種子的地點。』

記錄在哪裡啊？有點期待。

「喔，這個啊，內頁有兩種字體，找到使用這種字體的頁面，按照頁數把該行最前面的單字抽出來組成文章，就會知道種子放在哪裡喔。」

在我旁邊的普拉妲一臉得意。

「呃……封底的文字，妳看得懂啊？」

「因為那是古代惡魔語。」

「原來如此。」

「順帶一提，那行字是我寫的。」

…………

怎麼辦，有點討厭普拉妲了。

2 藏種子的地點

德萊姆的巢似乎沒什麼文書工作，不過會這樣的理由在於巢穴之主龍族，以及在他們手下當管家與女僕的惡魔族腦袋都很好。

腦袋很好不是單純聰明而已，記憶力也很驚人。

不僅如此，好像在腦袋裡就能把大多數事情處理完畢，所以不太需要留下什麼紀錄。原來如此。

然後呢，普拉姐也是在德萊姆巢裡工作的一員，腦袋似乎很好。

…………

不，我沒懷疑喔。只是不會覺得「原來如此」而已。

…………

那是假哭吧。嗯，看得出來。

普拉姐以前讀過《農業日記》，發現了書裡的祕密。

所以才在封底留下那一行字。不過，這麼一來……

『我在這本書裡，記錄了藏有種子的地點。』

用詞很令我在意。

《農業日記》的作者不是普拉妲吧？既然如此，應該寫『書中記錄了藏有種子的地點』才對。

一問之下，答案其實很簡單。

好像封底原本就有這麼一行字。但是，寫的位置太差，被磨到快要看不出來。於是，普拉妲才重寫一次。

現在，原本那一行字已經徹底消失，只剩普拉妲重寫的部分。

嗯。

…………

原本就是用古代惡魔語寫的嗎？

「不，和本文一樣是共通語喔。」

既然如此，為什麼妳要用古代惡魔語寫？

「不小心用錯了。」

…………

很燦爛的笑容，但我可不會被妳蒙混過去喔。

好啦，我的小疑問解決了。

接著來解決大疑問吧。

普拉妲知道隱藏在《農業日記》裡的藏種子地點。有把種子拿走嗎？

「為什麼我非得去拿什麼種子不可啊？等等，請不要突然摸人家的頭啦。」

不不不，讓我摸一下。很好，就是這樣。這樣才對嘛。

藏寶圖之謎解開了，但是寶物還在。不，還有尋寶之旅。

所以說，種子藏在哪裡？

「呃……記得是……」

我詢問普拉妲記憶中的種子隱藏地點，是個陌生的地名，看來需要調查。

咦？麥可先生知道？

……………

種子隱藏的地點，位於魔王國和福爾哈魯特的交戰地區。

好，放棄吧。情報交給魔王，把這件事結束掉。

問我為什麼不自己去拿？才不想靠近那麼危險的地方。

普拉妲，「沒有比死亡森林更危險的地方」這種話很失禮喔。死亡森林名字雖恐怖，但它並不是那麼糟糕的地方。改天來看看就知道了。拉絲蒂和布兒佳、史蒂芬諾都在，不用擔心沒人陪妳聊天吧。

想見拉絲蒂，布兒佳和史蒂芬諾就免了？喔，競爭對手是吧。

那妳就努力一點，別輸給布兒佳和史蒂芬諾。只要夠努力，待遇就能改善。

還有，如果有想做的工作就講一聲，我們會考慮……想參與美術館的營運？要是妳因為賭博把藝術品外流，那就麻煩了。再怎麼說也不會把不屬於自己的東西拿去賭？以後自己的東西也儘量別拿去賭。

妳的要求我聽到了，會放在心上。

短期之內，就先用目前的工作爭取信任吧。

我離開戈隆商會的據點，回到陽子宅邸。

途中觀察了一下「五號村」的狀況，看見不少警衛隊的人。可能是昨天那場襲擊的影響吧。不過，沒見到畢莉卡。

畢莉卡為了參加「大樹村」的武鬥會，這陣子都住在「大樹村」。

她住宿的地方，則是最近都沒怎麼使用的旅舍。雖然我告訴她可以借用宅邸的空房間，不過考慮到大會開始前這段時間的修行，旅舍好像比較方便。

至於畢莉卡的修行……不怎麼順利。森林的兔子讓她陷入苦戰。

按照格魯夫和達尬的說法，她應該贏得了兔子……但是不太擅長應付人以外的對手。

每天都要受到世界樹的葉子關照。儘管治得好，還是希望她別逞強。

我從陽子宅邸移動到「大樹村」，然後回到自家。

宅邸中庭，畢莉卡正在治療自己的傷。看來今天又輸了。
雖然一個人就能處理，代表傷勢應該不怎麼嚴重……
嗯？四隻貓姊姊把某樣東西運到畢莉卡面前。
是兔子。
貓姊姊們把兔子丟到畢莉卡面前，一臉「兔子要這樣獵」的表情。
啊，畢莉卡哭了。是真的在哭。
…………
呃……我決定當成沒看見。

隔天。
看見畢莉卡接受貓姊姊們的指導。真是堅強啊。

3 木路計畫

村民們忙著收成，我在旁邊耕田。
畢莉卡儘管驚訝於這毫無季節感的收成，還是來幫忙了。謝謝。

修行情況如何？最近艾基斯和鷲好像也參加了嘛。

戰鬥的訣竅？不，這個妳問我也……呃……如果當成狩獵……大概就是看清楚對手吧？換句話說，觀察很重要。

不過只是外行人的意見啦。

「五號村」的地下商店街建設順利，看來完工時間會比預期早很多。不過，還是有問題。交通問題。

原本以為準備的通道已經夠大了，搬運建材時卻還是有堵塞情況發生。

雖然等到地下商店街完工應該就會自然解決，但如果把商品運進地下商店街時也發生同樣的事該怎麼辦？

儘管想採取應對措施，然而要拓寬道路又得面對「五號村」的土地問題。地下商店街本身就是土地問題的對策啊。

不過，運貨路線啊。嗯……先前想得太簡單了。該怎麼辦呢？

原本是隧道所以把出入口集中在兩處，因此成了問題？但二樓、三樓、四樓的出入口，目前都是設計成顧客用啊……

我思考三天之後有了主意。

地下鐵。

將地下商店街的一樓部分當成車站，建造一條環繞「五號村」山腰的地下鐵。這麼一來，有幾個車站就有幾條路線能運貨了吧？一旁的普拉妲提出問題。

「地下鐵是什麼啊？」

…………

我拿出地下商店街的模型給她看。

地下鐵或說鐵路，就是一樓的軌道和貨車。因為是用鐵鋪的路，所以叫鐵路。

將這個從地下商店街延伸出去，擴張到「五號村」的山腰……冷靜一想，好像太亂來了？

要如何確保和加工那些軌道用的鐵是個問題。另外，如果在地下發生脫軌意外就麻煩了。而且必須考慮動力問題。好，廢案。

「動力用魔像如何？」

山精靈們不知何時出現在這裡，大概是來「五號村」的工房吧。

「假如不載人移動，就算脫軌也不至於傷及人命呢。」

「做成之前廢案的單軌怎麼樣？那個一來不容易脫軌，二來以魔像為動力就算稍微重一點應該也不成問題。」

「關於這點，把軌道改成木製如何？如果用『大樹村』周邊的樹就撐得住。」

問題得到改善，現在只剩一個問題。

獎盃製作花了約五天才結束。

畢竟不能偷工減料嘛。我紮紮實實地下了一番工夫。

接著再嵌上雕好名字的名牌就完成，不過這就要留到武鬥會當天了。

製作獎盃時，也一併做了王冠。

本來由於參加者的體格差異太大，不知道第幾屆就沒再做了，但是因為很多人要求，所以從這屆開始復活。

需要製作好幾種不同尺寸的王冠有點累，不過我想看見大家的笑臉，還是努力做出來了。儘管也考慮過做成能夠調整尺寸的可變式，但是看起來會很像玩具嘛。這種東西就該做得豪華一點。

…………

獎盃和王冠都是木製的，這樣好嗎？或許拜託加特用金屬製作比較好。

嗯？沒這回事？我親手做的才有價值？真會說話。

旁觀我作業的座布團孩子們這麼表示，讓自己有了自信。得意忘形的我，便用木頭削了些小帽子發給座布團的孩子們。相當適合喔。

然而，這些帽子不是為了遮陽或美觀，而是高興時用來往上丟的帽子。

對，像這樣大家一起丟，看起來就很開心，不是很棒嗎？

…………

往上丟的帽子不用接住也沒關係啦。

什麼？難得的帽子不能亂丟？話是這麼說沒錯，但它是木製的嘛。有點危險。
雖然換成布做的就好，但沒有那種技術。自己會做的……就只有草帽。
我編了一些小草帽，發給座布團的孩子們。
以季節來說晚了點，不過很好看喔。
嗯？這……有點像貝雷帽呢。
我的帽子嗎？你們幫我做的？就心懷感激地戴上囉。
咦？一起往上丟？哈哈哈，那可得控制力道好接住它了呢。

4 怪玉米和夏日慶典回憶

夏天收成的作物出了點問題。
從食用玉米田採收的部分玉米顆粒偏小，而且很硬。
用「萬能農具」耕的田還是第一次發生這種事，我也很驚訝。
原因……是什麼？哪頭龍在這邊噴火嗎？還是說，哪個樹精靈把營養搶走了？或者簡單一點，有人使用魔法造成影響？嗯～不可能。村裡的居民都不會做這種事。
既然如此，接著就該懷疑是疾病……但是只有玉米田的一部分也很怪。

如果生病，不是該全都受影響嗎？而且只是顆粒比較小，看起來不像生病。

……怪了？仔細一看，種類和平常的玉米不一樣？

…………

用「萬能農具」耕玉米田的時候，分心了嗎？

有可能。這麼一來，就要問自己當時在想什麼…………不記得。畢竟耕田已經是兩個多月以前的事了嘛。

不是用來釀酒的玉米，這點看得出來。其他我有可能會去想的……

我把玉米曬乾。

然後將顆粒剝下來。嗯，這個外表不會錯。

來到戶外調理場，點火放上深鍋，讓奶油融化。

將融化的奶油塗在鍋子內側……丟進乾燥後的玉米粒。接著蓋上鍋蓋，繼續用火加熱。

一會兒後，鍋裡發出很大的聲響。如我所料。這些玉米是爆米花用的玉米。

其實自己很久以前有過用普通玉米做爆米花的失敗經驗。

雖然知道爆米花必須使用特殊品種的玉米，但我當時忘了。

由於並沒有那麼想吃，所以後來也沒再嘗試……大概是我耕玉米田的時候想起這件事了吧。「萬能農具」，謝謝你。

然後大家被爆米花的聲響嚇到，紛紛聚集過來。抱歉。這是新料理……新的點心。喔，還沒調味，隨便灑點鹽吧。

整鍋的爆米花，大家一起分享。

大人們對於爆米花的新奇口感給予好評，孩子們也讚不絕口。

小黑牠們……因為很難填飽肚子而面有難色。玉米粒的皮會卡在齒縫裡也是個缺點啊。座布團的孩子們則是吃得很開心。

而向來對甜點很講究的妖精女王表示沒問題，要我多做一點。看來鹽味她也接受呢。

呃，我知道妳不是只吃甜食啦。

妖精女王不久前都還固定在大人模樣，現在恢復原狀了。我已習慣她的大人模樣，所以有點失落。

不，行為舉止都一樣，應該也沒那麼嚴重。

爆米花的評價雖然不差，還是有問題。

沒辦法放太久，乾燥之後就不好吃。必須做好馬上吃。換句話說，不能做好後放著。

比較適合在慶典或武鬥會之類的活動時提供吧。

幸好，爆米花用的玉米還夠應付下次武鬥會。

問題在於今後……由於多數贊成，因此會闢一塊爆米花專用的玉米田。

耕完爆米花用的玉米田之後，我一邊吃著鬼人族女僕做的爆米花，一邊回想不久前的夏日慶典。

今年是賽跑。

有各種族分開的，也有種族混合的，分組各式各樣。

原先還有點怕會冷場，幸好是白擔心。大家都喜歡競爭呢。

說起最精彩的比較，果然還是半人馬族與馬。

途中都是半人馬族領先，然而馬在最後關頭逆轉勝利。輸掉的半人馬族顯得很沮喪，馬看起來倒是心滿意足。

還有，儘管巨人族和半人牛族的賽跑不快，卻很有震撼力。至於小黑子孫們的賽跑……一團混亂。平常都會乖乖排隊，這次竟然爭先恐後地搶著要跑，甚至有半途闖進來參加的。不過嘛，大家都很開心就是了。

我之所以會回想夏日慶典，則是因為看見馬兒們在牧場區奔跑。

飛馬雖然也很努力，翅膀似乎還是很礙事。

牠們之所以這麼努力，是為了參加「五號村」舉行的比賽。這次的比賽就不是普通賽跑，而是有點規模的賽馬。

據說會從「五號村」與「夏沙多市鎮」，以及周邊村落聚集馬匹，決定最快的馬。

提議與營運是戈隆商會，「五號村」只負責出借場地。

不過，由於馬跑得快是種榮譽，所以也問了我們這裡的馬……自主練習還真是了不起。晚點送點水果慰勞牠們吧。

嗯？山羊們聚在一起觀看馬練習。

……那是打壞主意的表情。換句話說，牠們想惡作劇。

啊，山羊成群結隊闖進馬兒們的賽道上。這群山羊真是的……不可以打擾別人練習喔。而且這麼想的不止我一個。

旁邊有五頭牛排出整齊的隊伍，衝向山羊群。山羊們四處逃竄。

豬隻看見了都在笑，真是和平。

話說回來，獨角獸啊，突然冒出來搶走我手裡裝爆米花的桶子是怎樣？

獨角獸快跑逃離我身邊，嗯～真快。

5 生產與懷孕

庫德兒與可羅涅的孩子出生了。

生的都是女兒。庫德兒的女兒叫菈菈德兒，可羅涅的女兒叫托珥瑪涅。取名的是菈茲瑪莉亞。

庫德兒和可羅涅都表示名字沒問題，所以我也贊成。

慶祝會則因為庫德兒和可羅涅的要求低調舉行。說是反正瑪爾比特、琳夏與蘇爾蘿她們一來自然會盛大慶祝。我也認為確實是這樣。

無論如何，平安生產值得高興，應該也是多虧了妖精女王？

…………

幫妖精女王做些點心吧。

死亡森林上空，龍形態的德斯猛拍翅膀，飛行動作十分激烈。那氣勢真誇張。

在我旁邊，人形態的萊美蓮往德斯丟出直徑約兩公尺的圓形岩石。

石頭命中德斯頭部。不管有沒有命中，丟石頭都很危險，拜託別這麼做，孩子們會學。

還有，德斯。既然石頭砸中，你也差不多該冷靜一點了。

德斯之所以這麼興奮，是因為確定哈克蓮肚子裡有第二胎了。大概是烏爾莎去王都學園讓她很寂寞，我花時間安慰她的結果吧。

不久前妖精女王變成大人模樣會不會也有影響啊？就時間點來說好像沒關係？哈克蓮本人前陣子就

知道懷孕了，但是沒講。似乎是因為不好意思。

不過，要一直不讓任何人知道實在很難。

最先注意到的是露，然後是萊美蓮，我是第三個。

由於我發現了，這件事就此公開。這個時間點德斯還很冷靜。確定即將要出生的是個男孩之後，德斯就變那樣了。

來到村裡的海賽兒始終沒有回去，一直黏著哈克蓮不放。起先我還想到底怎麼回事，原來是龍族的那個。

明明還沒出生就已經決定結婚對象是怎樣？這種事，應該等孩子長大一點……至少等孩子出生之後再說。

海賽兒不回去所以跟著留下的馬克顯得神情複雜。感覺是認為海賽兒出嫁還早，又怕出言反對被女兒討厭。

嗯？就算反對她大概也不會聽，所以不反對？只是覺得寂寞？

…………我懂。好，今晚就喝吧。

隔天，德斯被萊美蓮痛打一頓，大概是因為整晚都在飛吧。

喔，明明有火一郎在，未免高興過頭了？確實，這部分必須多注意才行。雖然火一郎對於弟弟即將誕生只覺得很高興。

這時候，晚了一點的德萊姆抵達。

嗯？樣子不太對勁耶？小跳步？怎麼回事？

…………

拉絲蒂好像也懷了第二胎，可喜可賀。

雖然可喜可賀，但是龍族實在太激動。

首先，聽到拉絲蒂懷孕的消息後，葛菈法倫急忙趕來。她以龍形態在空中跳舞，好像是歡喜之舞。

拉娜農那時明明很冷靜……喔，拉娜農那次在過來之前就跳過啦？

在家跳會讓人以為自己瘋了，所以才來這裡跳？跳舞是無妨，拜託別噴冰雪。火一郎和拉娜農會模仿。還有，那樣看起來像是要攻擊村子。

啊，看吧，全副武裝的半人馬族從「三號村」過來了。不久之後，以傑克為中心的人類男性從「一號村」趕到，哥頓他們也拿著武器從「二號村」抵達。呃……沒問題，請大家放心。

從溫泉地把投石機帶來的優兒，不要一臉遺憾的表情。死靈騎士(Death Knight)和獅子一家也是一樣，抱歉讓你們擔心了。

接著，由於馬克和海賽兒遲遲沒回去，所以絲依蓮來接他們了。

然後，得知海賽兒有對象的她，由衷地表示高興。嗯，拜託不要跳歡喜之舞。還有夫妻不要吵架。

因為不回家也沒說一聲，所以很擔心？確實。

呃……要吵架可以，但若要用龍的模樣吵，麻煩離村子遠一點。

也不知道消息從哪裡傳出去的，賽琪蓮、德麥姆、廓恩與廓倫也登門道賀。

他們都來恭喜哈克蓮和拉絲蒂……賽琪蓮、廓恩，妳們都在逼問夜生活是怎樣？懷孕的訣竅？不，拿這個問我也很難回答。

只能請德麥姆、廓倫多努……我不該多嘴的。抱歉，請腳踏實地培養感情。

基拉爾也來了。

他不是為了恭喜哈克蓮和拉絲蒂懷孕，純粹為了見古隆蒂和古拉兒。既然基拉爾用「我回來了」打招呼，那我也只能用「歡迎回家」來回應了。

話說回來，基拉爾，你背上的行李是…………看樣子是真的要搬過來。他說還得再往返好幾趟。

這我是明白，但是行李中那堆信是什麼？咦？全都是給我的？

…………

全都是求我說服基拉爾回去的請願書耶？要搬過來是無妨，拜託別在老家那邊留下問題。

德斯、萊美蓮、德萊姆、葛菈法倫、絲依蓮、馬克斯貝爾加克、海賽兒娜可、基拉爾、古隆蒂、古拉兒、賽琪蓮、德麥姆、廓恩、廓倫。

再加上哈克蓮與拉絲蒂。

諸多神代龍族齊聚一堂，就有可能發生像太陽城過來「大樹村」那種事。大家以前會注意，現在好像都忘了一樣。要是出了什麼事該怎麼辦？龍族全員會把不識相的傢伙打飛所以別在意？

德斯啊，我知道又多一個孫子很開心，但是需要這麼誇張嗎？

嗯？因為火一郎被萊美蓮搶走，所以下一個孫子你一定要確保？

…………

那是我和哈克蓮的孩子啊，這點可別忘記。

無論如何，要辦宴會了，雖然與這麼多人來訪無關。

啊，把菈菈德兒與托珥瑪涅移到安靜的房間。庫德兒，剛生產完別逞強喔。

…………抱歉，我直說吧，不需要俯衝轟炸，轟炸和宴會不是成套的。

途中，比傑爾來到村裡，看見龍族的數量後嚇了一跳。

不，不是什麼龍族會議，只是單純的宴會，你就放心吃吧。

龍族的宴會還沒結束。

反正糧食才剛收成完，他們又有付餐費，不成問題。多諾邦等人搬來新釀的酒並且到處問感想。

把檸檬皮泡到高度數的酒裡面啊……比想像中還要黏稠耶。喔，不止檸檬皮，還加了砂糖啊。

我試喝一口。嗚哇，好烈。

對我來說連一口都很勉強，德斯他們倒是猛灌，別化成龍形態大鬧喔。

還有，哈克蓮和拉絲蒂禁止喝酒。對泡了梅子的酒很感興趣？確實。

去年春天準備的梅酒也端上來了，她們大概是擔心會被喝完吧。放心，梅酒很多。

區區幾次宴會喝不光……去提醒一下矮人們吧。我會一起忍耐，希望哈克蓮和拉絲蒂也忍耐一下。

哈克蓮和拉絲蒂懷孕無法變成龍形態，所以村子的運輸能力大減。

即便可以靠萬能船多努力一點來應付，問題在於遠方，正確說來是運往德斯和萊美蓮的住處會有問題。

德斯和萊美蓮經常來村子，我覺得讓他們自己拿回去也可以……不過考慮到他們的地位，似乎不能這麼做。而且還有人在等待我們這裡的農作物，不運輸也不行。

想來想去，最後決定拜託德萊姆和葛菈法倫。當然會提供報酬。雖然是支付村裡的農作物和酒。

龍族的宴會是自由參加。

所以，不參加的人都待在外面，為了武鬥會而勤加練習。

這些人旁邊，還有用投石機發射岩石的優兒，以及負責接住那些岩石的龍形態火一郎。

他們好像玩得很開心，但接的畢竟是岩石啊。原本以為萊美蓮會有意見，但她只是把餐點和酒擺到戶外的桌子上，然後在旁邊看著火一郎。似乎是剛好能用來練習控制力量。原來如此。

既然如此，像剛剛那樣把岩石弄碎就是失敗囉？那我就沒話說。反正優兒看起來也很開心。

「話說回來，村長。」

眼睛看著火一郎的萊美蓮問我，哈克蓮的第二個孩子名字怎麼辦。

啊……如果直接一點，他是火一郎的弟弟，所以是火二郎，可是唸起來有點怪。所以我考慮稍微調整一下，改成火次郎之類的。

嗯，也可以跳過火二郎叫火三郎……不過我對取名沒什麼自信，最後應該會和哈克蓮商量再決定。

這麼告訴萊美蓮後，她微笑著說：「這樣啊。」

…………

我鄭重告訴萊美蓮，哈克蓮還在懷孕，不要想個名字硬逼她接受。

德斯把我叫去宴會那邊，提議了些名字給我。

嗯……這部分就是德斯和萊美蓮的差異。而且，先來三十個也未免太多。

會納入候選名單，麻煩縮減到兩、三個。基拉爾，不要擅自增加。馬克也來想名字啊？因為是將來的女婿？知道啦知道啦。那麼，一人最多三個。只是候選喔，沒有定案。

還有，想名字等宴會結束再說。帶著醉意想只會被刷掉而已。

我來到村子西邊的高爾夫球場。

這座高爾夫球場，是村子剛建立時建的，使用過不少次。球和球桿的數量逐漸增加，甚至有了個專屬的小屋。

不過，也有些問題。

一開始會砍樹林開拓球場，或者直接往森林打，但是隨著周圍逐漸開發，如今已不能隨興打球了。

現在的主流是打短洞，或是只用果嶺的迷你高爾夫。雖然沒人要求改善，不過鬼人族女僕很喜歡高爾夫球，所以我想解決這個問題。

…………

把現在的地點當成迷你高爾夫專用場地，然後在南邊建設新球場，這樣會不會是最佳選擇？我在安排路線的同時，儘量避開泳池和養蝦池。

唉呀，反正只是砍樹，算不上多難。至於砍下來的樹木，有德麥姆和廓倫幫忙搬運。

高爾夫球場完成之後，我將砍下來的樹木加工，製作「五號村」單軌列車的試作貨車與軌道。全部木製。

軌道是直接把圓木加工成T字型。由於不太清楚怎樣的尺寸才叫剛好，所以我盡可能做大一點。T字上端的寬度約一公尺。

做成T字型，則是因為我覺得讓車廂扣住它比較不容易脫軌。

嗯，雖然把貨車裝到軌道上有點麻煩……還有比想像中更需要車輪。而且震動很明顯，看來也需要避震裝置。

貨車因為是試作，所以做成寬兩公尺長四公尺，畢竟這部分就不是愈大愈好。我和幾名山精靈一起努力製作。

煩惱了一會兒之後，我將軌道從宅邸前往東邊一路鋪過去，直到藥草田。

嗯，如果礙事拆掉就好。

我請來參加武鬥會的巨人族和半人牛族幫忙鋪設軌道。嗯，真的很直。看了就舒服。

然後，將試作的貨車裝上去……由於還沒有動力，所以找了數名半人馬族幫忙拉。

沒貨物還好，一旦載運貨物，阻力會比預期的還要大。

「有了速度就沒問題，不過……」

起步比想像中更需要力量。

因為是魔像動力所以沒問題？不，一樣。

那麼得想個對策。

假如要讓起步輕鬆點，大概得分散每個車輪負擔的重量。換句話說，就是要增加車輪。

考慮到車輪本身的重量，該增加的應該是小車輪。概念上來說相當於把算盤翻面那種樣子。

雖然製作很麻煩就是了。

小車輪版的貨車就算載運貨物也能平順移動。只要有數名半人馬族負責拉，就能跑出不慢的速度。

這麼一來……

「軌道是直線，這點令人在意呢。」

聽到山精靈的發言，我點點頭。

該考慮彎道和上下坡。既然是試做，就該挑戰一下才對。

「如果從高處起步，不需要半人馬們來拉也能移動。」

確實如此。

「假設把軌道連成環狀，就只需要往一個方向移動了呢。」

嗯。

「我們也試著做了些小型的貨車。」

……………咦？

於是有了簡易型雲霄飛車。

軌道由不止一處的彎道、起伏，加上直線構成，範圍二十公尺見方。起點約五公尺高，會以相當快的速度往下衝。儘管最後必須以人力將車輛搬到五公尺高的地方，這部分巨人族和半人牛族願意幫忙。

大受孩子們歡迎。

「若採用單軌形式，彎道的角度會受限呢。」

畢竟是讓車輛夾住軌道嘛。必須在軌道寬度調整與晃動對策部分下工夫。能夠驗證這方面的極限真是太好了。

「假如把車輛長度縮短一點，不就連急轉彎也做得到了嗎？」

「縮短長度？縮到多短？」

「大約可供一個人站立那麼短。」

……目的是製作「五號村」用的貨車啊，這點不能忘記。

「真想讓車輛縱向轉一圈。」

這可就不行囉，凡事都要有個限度。好啦，該準備武鬥會了。

閒話　劍聖畢莉卡

我的名字叫畢莉卡．溫埃普。

以前我會自稱劍聖，現在則是儘量不提。因為不覺得自己的實力配得上劍聖這個稱號。

前代劍聖與我的師兄們，個個都是一騎當千。自己目前還沒到達那種境界，需要多加修行。

而且，劍聖稱號會引來很多麻煩。不能為恩人村長與「五號村」添麻煩。把劍聖忘掉，這樣就好。

不再自稱劍聖之後，覺得稍微輕鬆了點，修行也更能專心。即便進步速度不算快，但我能肯定自己有愈來愈強。

儘管還不是格魯夫師傅和達尬師傅的對手，在「五號村」應該算得上名列前茅吧。能夠掌管「五號村」警衛隊令我十分自豪。

和劍聖相比，成為「五號村」警衛隊隊長更讓我高興，這實在有點尷尬。

我明白自身劍技的弱點。

因為太過注重對人，所以不擅長應付其他類型的對手。

至於應對的方法，就是多和魔物與魔獸交戰，而且要夠強的。

幸好，在「五號村」周圍的森林不缺對手。我會定期進森林狩獵魔物與魔獸。

每天不是守衛「五號村」，就是去狩獵魔物和魔獸。

冒險者們對我刮目相看，雖然還沒有人真的拜入門下，但是想向我學劍的人變多了。日子過得還算幸福。

很希望這種日子能持續下去，卻無法容忍依然弱小的自己。

老實說，我自認不是格魯夫師傅或達尬師傅的對手。心想這樣不行，便繼續揮劍。自己要一步一步地向前進。

某次，我和來自人類國家的白銀騎士、青銅騎士和赤鐵騎士三人較量。莫名其妙就贏了。

他們三個的實力只有這種水準嗎？還是我變強了？不，不可以自負。

而且我彷彿看見了過去的自己，感覺很難為情，於是格外用心地指導他們三個。青銅騎士又逃了？那麼，今天就進行逮捕訓練吧。把他抓起來。

這是我來到「五號村」的第幾年呢？

劍總算碰得到格魯夫師傅和達尬師傅了。我發自心底感到高興。

然後，有人問我要不要參加「大樹村」的武鬥會。

聽說「大樹村」的武鬥會，就連格魯夫師傅和達尬師傅也很難勝出。即使去挑戰，勝算也不大吧。不過，見識強者的實力應該有助於精進自己。希望能變得更強。

我決定參加武鬥會。

在武鬥會舉行的三十天前，我移動到「大樹村」。

名義上是為了修行，然而這麼做其實是出於任性。我希望能多少熟悉一下這裡的氣氛。

移動方式是傳送門。村長叮嚀過，傳送門的存在是極機密。我當然不會告訴任何人。

既然對方願意透露機密，希望可以回應這份信賴。

我見過惡魔蜘蛛的幼生體和阿拉克涅，知道村長和魔物與魔獸相處融洽。

此外，我知道吸血公主、殲滅天使、高等精靈與鬼人族都是村長的太太。擔任「五號村」代理村長的陽子大人也不簡單。所以已經有心理準備。

即使有了準備，依舊令我驚訝。

屬於惡魔蜘蛛譜系的，好多。地獄狼，好多。天使族、半人蛇族和巨人族相較之下都顯得可愛。

讓人連挑起爭端的意圖都不敢有。壓倒性的戰力。

根本不敢考慮找他們當修行對手。

找格魯夫師傅商量後，我決定進森林獵兔子。他說除此之外都很危險，絕對不能亂來。

起先還覺得不過是兔子，沒想到竟是殺人兔。我好幾次差點沒命。

之所以沒死，都是多虧跟在身邊護衛的地獄狼，以及效果很好的藥草。對於跟來護衛的地獄狼，除了感謝還是感謝。不過，其實牠可以再早一點來幫忙也沒關係的。

關於藥草這部分，一開始我都是靠治療魔法，但因為請人家幫忙的次數太多，村長才拿藥草給我。

他還特別交代，禁止拿出村外。確實，這種效果鐵定會引來很多人搶，搞不好連死人都能復活呢。哈哈哈。

這東西，難道是世界樹的葉子……不、不會吧，這件事還是別說出去好了。

連貓都獵得到的兔子，我根本獵不到。自己連貓都不如。這些日子讓我有了這樣的自覺。

但是既然貓比我優秀，就該向牠們學習。哪有什麼好迷惘的？於是低下頭向貓求教。

一段時間後，一隻叫艾基斯的鳥來協助我修行。

艾基斯也獵得到兔子，牠明明是隻圓滾滾的鳥……

艾基斯旁邊的鷲安慰我，謝謝。

我努力過了。

努力再努力。但是，沒有成果。

說是為了轉換心情可能會惹別人生氣，我決定去幫忙田裡的收成工作，好讓自己換個心情。趁這個時候，我請村長給些戰鬥方面的指引。

「大概就是看清楚對手吧？」

…………

我自認有好好觀察對手。畢竟，對方說不定會奪走我的性命，不可能不盯好。

不過，既然村長特地指出這點……代表自己漏看了什麼吧？

名叫威爾科克斯的長老矮人，拿了一把劍給我，好像是為我打造的劍。

「實在看不下去啊。」

他這麼表示。

這把劍比我平常用的劍來得長一點。重心的位置也比較偏前端。

武鬥會就在眼前，其實不太想換劍……然而這把劍意外地順手，我改拿這把劍挑戰兔子。

感覺自己比平常更能撐，是多虧了新的劍嗎？然後，由於比平常更能撐，我注意到某件事。

這兔子，該不會……

雖然敗給兔子，但是當天晚上我向格魯夫師傅提了一個問題。
「那些兔子，能讀出我的動作對吧？」
「嗯，沒錯。正確說來不是判讀，而是看見。殺人兔的眼睛能看見未來。」
…………
這不是魔眼嗎？而且能看見未來……這種對手要怎麼贏啊！
儘管很想大喊，還是忍住了。
格魯夫師傅和達尬師傅，都能獵兔子。那些貓和艾基斯也可以。就算看得見未來，也不代表必勝。有方法能應對。
動腦，動腦想啊！

村長說得沒錯。
仔細觀察兔子，就會發現。
兔子是先看見我怎麼動作，才有所行動。
那麼，就能用我未來的動作引導牠。於是自己成功毫髮無傷地獵到兔子。
護衛我的地獄狼十分驚訝。我自己也很驚訝。
和昨天以前的我截然不同，就像覺醒了什麼一樣。
彷彿一口氣突破好幾層遮住我的厚重牆壁，自己變強了。

若是現在，我什麼都砍得了。

恕我直言，現在自己和吸血公主露小姐和殲滅天使蒂雅小姐應該勢均力敵。不對，可能比她們還要強。這樣算不算自大啊？

對於我的自問，一隻自稱馬克斯貝爾加克的龍給了答案。

「這樣的劍，才配得上劍聖這個稱號。妳似乎一直不願自稱劍聖，但是今後不需要再那麼低調。可以抬頭挺胸以劍聖自居了。」

謝謝你。

我向馬克斯貝爾加克閣下道謝，並且想起自己是當代劍聖一事。

沒錯。我是劍聖。而且，我要將這把劍獻給村長。

此劍是為村長而存在！絕不與村長為敵！

希望能立下這樣的誓言。

無論如何，要獻上自己的劍，就得在武鬥會好好表現。

村長想必也會大吃一驚。呵呵呵。

呃……我參加的是騎士組……怪了？沒登記到？

記得是騎士組沒錯呀？格魯夫師傅弄錯了嗎？

在馬克斯貝爾加克的建議之下，換到不同組了？哪裡？王者組？

有什麼龍王、暗黑龍、吸血鬼始祖的那一組？啊，座布團閣下也要參加？喔～

呃……魔王向我招手，一臉「有同伴了」的表情。

…………

我、我才不會輸！

就算是劍聖，依舊有贏不了的對手，我現在懂了。

畢竟就連前代劍聖也說過，不挑戰贏不了的對手才叫做必勝。

…………

村長，這樣的劍還能不能獻給你啊？

7 贏得勝利的魔王

莉亞等高等精靈，揹著降落傘從空中的海賽兒背上跳下。

降落後，她們迅速回收降落傘，在莉亞的著陸位置集合。她們各個拿著武器開始對城寨發動攻擊。

雖然是只用了三天左右就搭起來的簡易城寨，卻有半人蛇族和山精靈們駐守。

…………

明明是武鬥會的開場表演，怎麼搞得像軍事訓練一樣啊？有把氣氛炒熱就是了。

「如果是晚上就能贏了……」

由於沒在限制時間內將旗幟插到指定地點，所以判定莉亞等人敗北。她們相當不甘心。

相反地，勝利的半人蛇族和山精靈們則是相當開心。高興無妨，但是城寨要撤掉啦。我耕囉～

大家拿起不想被耕掉的東西，開始移動。

武鬥會開始了。

開幕表演很長，比賽差不多從中午才開始。

這次除了往常的一般組、戰士組、騎士組、名為英雄組的表演賽，還額外舉行王者組。

有人覺得表演賽只打一場沒辦法吸收教訓，主辦單位採納這項意見後加開王者組。起初是採用全員一起上場的亂鬥形式，但是這麼做很危險，所以改為一般的淘汰賽。

龍族全都移到王者組，英雄組該不會要停辦……啊，小黑子孫們和座布團的孩子會努力撐場面？謝謝你們。

撤掉城寨之後，我就到事先安排的席位上觀戰。

雖然輕鬆，卻閒著沒事做，特別是比賽期間。

往常會有露或蒂雅陪我，但是她們這次代替懷孕中的哈克蓮與拉絲蒂擔任比賽的裁判。

小黑和小雪這次要參加王者組，忙著準備。因此我身邊一個人也沒有。

嗯？座布團的孩子們在，都是沒出賽的拳頭大小。好乖好乖，一起觀戰吧。

原本以為阿爾弗雷德、烏爾莎和蒂潔爾會配合武鬥會的時間回來，結果沒有。

他們似乎很忙。即便是好事，卻讓人有點寂寞。信上寫著冬天會回來，就相信他們慢慢等吧。

戈爾、席爾與布隆同樣因為忙碌而沒回來。他們本來都計劃要帶著太太一起回來，遺憾。

唉，戈爾他們也要顧及太太的狀況嘛。我不能任性。

不過，這不禁讓我覺得，要是魔王國王都和「大樹村」距離再短一點就好了。

如果不靠比傑爾或始祖先生的傳送魔法，從王都到有傳送門的「五號村」似乎要花上一個月。能不能想想辦法呢？

這時候，我想到了打算給「五號村」使用的單軌列車。

用這個從「五號村」連到「夏沙多市鎮」，再由「夏沙多市鎮」連到王都。

和文官少女組們商量的結果是，雖然困難但不是做不到。不過，木製軌道會被偷走，大概沒辦法正常運作。

這麼說來，死亡森林的木材好像很貴。那麼，要是換成普通鐵軌……因為容易轉賣，偷竊問題可能比木製軌道更嚴重。現實真悲慘——這是我昨天的感想。

給忙著準備武鬥會的文官少女組們添麻煩了，在反省會上向她們道歉吧。

對了對了，常客始祖先生和芙修也沒參加。似乎是忙著支援新成立的國家——大概是那個戈爾繕王國滅亡後成立的吧。

…………

希望他們好好加油。

比賽進行得很順利，一般組、戰士組與騎士組第一輪全部結束。

開幕表演花了不少時間，所以今天到此為止，接下來是宴會。

隔天。

進行騎士組第二輪之後的比賽、名為英雄組的表演賽，以及王者組。

騎士組的優勝是琪亞比特。和以前相比，她的實力變得相當穩定……雖然是從我這個外行人的角度來看啦。名為英雄組的表演賽，除了小黑的子孫們與座布團的孩子們之外，還有露對蒂雅、格蘭瑪莉亞對菈茲瑪莉亞。

露和蒂雅的對決與往常一樣，勝利者……或者說撐到最後的是蒂雅。

至於格蘭瑪莉亞和菈茲瑪莉亞的對決……我想，以力量來說應該是格蘭瑪莉亞比較強。但是，比賽節奏完全掌握在菈茲瑪莉亞手中。

因此，格蘭瑪莉亞沒辦法發揮實力，陷入苦戰。庫德兒和可羅涅說，這是菈茲瑪莉亞的指導賽。勝利者是菈茲瑪莉亞，她沒把勝利讓給女兒呢。

王者組。

魔王強迫參加。他什麼也沒說，只是集中精神。準備面對賽程抽籤。

聽到畢莉卡參加王者組，讓我嚇了一跳，好像是馬克推薦的。馬克把自己的位置讓給畢莉卡，說她已經有前前代劍聖的強度，不需要擔心。

…………

你該不會是拿畢莉卡當替死鬼吧？不是？那就好……但是你流了很多汗喔。

啊～畢莉卡不管是贏是輸，立場上都有不少問題？不，反正看起來問題更嚴重的魔王也有參加……

唉，沒差啦。

既然是你推薦的，那就麻煩好好支援畢莉卡囉。

參加王者組的有小黑、小雪、座布團、德斯、萊美蓮、基拉爾、古隆蒂、德萊姆、葛菈法倫、德麥姆、廓恩、廓倫、賽琪蓮、魔王、畢莉卡，以及陽子。勉強調整成十六人參加。

雖然夫妻一同參加的不少，但是配對要公平，一切交給抽籤。
這次最值得關注的……應該還是畢莉卡，她第一場對上魔王。
魔王顯得神采奕奕，而且很強。
不過畢莉卡和魔王打得有來有往。看了她這一戰的表現，就覺得馬克的推薦沒有看走眼。
最後是魔王贏得勝利就是了。

「好痛好痛好痛，被那把劍砍到超痛的。」
贏得勝利的魔王，帶著滿面笑容接受治療。
這麼說來，畢莉卡那把劍好像是威爾科克斯打造的對吧。
看見威爾科克斯的成品，讓加特相當沮喪。不過隔天他就開始拚了命地打造刀劍。

還有，威爾科克斯。
那把劍，你用了古隆蒂的鱗片對吧？呃，我是說過材料可以隨便用沒錯啦，但以為你是指魔鐵粉之類的。我沒生氣，也不會把劍沒收。
只不過，要用古隆蒂的鱗片製作東西時，拜託先講一聲。因為會讓古吉很困擾。和平最好，對吧？
王者組的優勝是萊美蓮。

看來是火一郎的加油生效了。

儘管小黑戰勝廓倫、小雪戰勝德麥姆，但是下一輪小黑就敗給基拉爾，小雪則敗給萊美蓮。好乖好乖，沒受什麼嚴重的傷就好喔。

為了治療畢莉卡，我事先準備了幾片世界樹的葉子，不過這回用治療魔法就夠了。東西不能浪費，晚點拿給露吧。

再來就是一如往常的宴會，以及隨意參加的自由對戰。

今年的武鬥會還是很熱鬧。

畢莉卡在自由對戰時挑戰格魯夫，但是沒贏。

「為什麼？」

「預判對手行動是基礎中的基礎。我怎麼會輸給前幾天才學會這招的人呢？」

「換句話說……」

「妳還有很大的進步空間。」

「就是說嘛！」

「還有，比賽我看了，妳缺乏決定性的招式喔。」

「決定性的招式……我會努力的！」

看來格魯夫保住了師傅的地位。

8 武鬥會送行

武鬥會的隔天。

把部分繼續舉辦宴會的人趕往宅邸之後，大家開始收拾。讓場地比使用前更乾淨是我的座右銘。

不過嘛，就算不講大家也會清理乾淨，所以我不會把它說出口就是了。

把自己負責的部分搞定後，就去送各村的參加者與觀眾離開。

「一號村」的居民。

傑克今年大為活躍。他好像就此從一般組畢業，下次要參加戰士組了。本人儘管很高興，卻表示一想到下次比賽就怕怕的。

不過，他和剛來村子時相比明顯強了不少，想必明年也能活躍吧。

其他居民則有贏有輸，但是沒有人被單方面痛宰，大家都變強了呢。

「二號村」的居民。

半人牛族大多數是一般組，哥頓雖然參加戰士組，卻沒什麼表現。

晚上宴會時他也很沮喪地兩手抱膝坐在旁邊，不過看樣子已經振作起來了，那就好。

沒參加武鬥會的半人牛族，則是去攤子上幫忙。鬼人族女僕們十分高興，希望他們明年還能再來幫忙。畢竟參加人數變多了嘛。

「三號村」的居民。

半人馬族對於武鬥會不怎麼積極，只有幾個年輕人參加一般組。這是因為種族特性——武鬥會的舞台沒辦法讓他們拉開助跑距離，無法發動威力比較強的攻擊。

武鬥會不需要全員參加，但是也不希望想參加的人因為種族因素無法參加。儘管半人馬族要我不用介意，不過還是認為需要有些應對措施。

仔細一想，「一號村」的樹精靈和哈比族也沒參加。當成反省會的議題吧。

至於能參加但不參加，倒是沒什麼問題。

順帶一提，半人馬族在武鬥會期間拉著單人乘坐的小馬車，協助選手與其他人移動。這種馬車，我取名為半人馬力車。

「四號村」的居民。

惡魔族和夢魔族不太參加武鬥會。

他們不是因為種族特性，而是實力不足。我覺得一般組應該沒問題……然而如果人家的理由是追求和平，自己也不便多說什麼，反正加油也算參與。

墨丘利種也沒參加。他們雖然有戰力，但戰鬥不是本職，比較適合後勤。所以我請墨丘利種協助文官少女組。謝謝你們，真的幫了不少忙。

「南方迷宮」的半人蛇族。

可能因為半人蛇族的參賽者都經過精挑細選，她們在戰士組和騎士組都留下了好成績。武鬥會結束後她們似乎還是很亢奮，所以到迷宮裡進行模擬戰。啊，還在打？她們和「四號村」不一樣，相當好戰。

半人蛇族要協助秋收，因此沒回去而是留在迷宮內生活。總覺得人數隨著武鬥會舉行逐漸增加，生活用品夠嗎？不夠別客氣，儘量告訴我。

還有，妳們好像有問芙勞需要付多少獎勵牌才能讓我去「南方迷宮」，這種事用不到獎勵牌啦。我會盡可能找個時間去一趟。

「北方迷宮」的巨人族。

他們也和半人蛇族一樣經過精挑細選，所以在戰士組和騎士組都有留下好成績。

和半人蛇族不同，武鬥會帶來的亢奮情緒他們是靠相撲加以消化，所以沒在迷宮裡繼續模擬戰。

…………

有好幾個去參加半人蛇族的模擬戰？呃，無妨啦。別給周圍的人添麻煩就好。

巨人族也會幫忙秋收，所以同樣沒回去而是留在迷宮裡生活。寢具不夠？喔，巨人族用的尺寸不夠是吧？半人牛族用的還有，請你們暫時先用這些。

「五號村」的居民。

畢莉卡利用傳送門回去「五號村」。

她好像希望能多留一段時間，但是陽子表示差不多該回警衛隊了。

這一次「五號村」有畢莉卡參賽，是不是該考慮以後讓「五號村」多來幾個人參加？不過，「五號村」的居民看見小黑牠們會害怕，不太方便由我們這邊主動邀請。畢竟要是我或陽子開口，就等於強迫他們參加嘛。不想勉強人家。

更何況，「五號村」自己也有很多活動，陽子就是因為這樣才要求畢莉卡歸隊。

…………

下次找陽子商量吧。

魔王和比傑爾一起回去。

和畢莉卡交手後的下一場，魔王對上葛菈法倫。當時受的傷似乎已經痊癒了。

葛菈法倫還稱讚魔王，說他變得比以往更強了。只不過昨晚為了專心治療，沒怎麼和貓姊姊及小貓們交流，讓魔王感到很遺憾。

唉呀，反正很快就會再來，貓姊姊和小貓們就等到那時候吧。

重要的是，在王都的阿爾弗雷德他們還有戈爾他們，就拜託你了。這幾個孩子好像很忙。希望你能幫忙留心一下。

還有，讓蒂潔爾幫忙工作是可以，但是不能勉強她。畢竟年紀還小，麻煩你多關照了。

龍族的宴會還在持續當中，他們沒有要回去的意思。

…………

沒問題嗎？

哈克蓮和拉絲蒂懷孕再加上武鬥會，他們應該不缺話題吧。沒看見萊美蓮和古拉兒，應該是在火一郎那邊……廓倫和德麥姆也不見蹤影耶。喔，因為很介意在武鬥會上輸給小黑與小雪，所以到迷宮裡特訓？還想說半人蛇族和巨人族的模擬戰為何那麼熱鬧，原來他們也參加啦。

這麼說來，座布團輸給古隆蒂了。

與其說輸，不如說是各自展示自己的招式後，座布團選擇退讓，因此雙方都沒有受傷。畢竟座布團本來預定要等烏爾莎回歸武鬥會才參加嘛。

似乎是因為烏爾莎沒回來，所以座布團也就沒打算逞強。原來如此。

古隆蒂如果以龍形態面對座布團還能多少較量一下，人形態似乎有點勉強。沒在大家面前丟臉，讓她鬆了口氣。

至於古隆蒂本人，此刻正在宴席上向基拉爾撒嬌。不止古隆蒂，龍族夫妻感情都很好呢。嗯，還是別打擾他們吧。

送行完畢後，小黑、小雪、座布團和我一起窩回房間。

差不多該做過冬準備了，不過悠哉一天應該沒關係吧。啊，冬天烏爾莎回來時座布團在冬眠，這就有點可惜了。

希望她能在座布團冬眠前回來，或是留到座布團冬眠醒來。

9 秋季的「五號村」

我大約每十天會去一趟「五號村」。

雖然陽子希望我更常來，但是還要準備過冬嘛。會到「五號村」，也是過冬準備的一環。

為了在碰上暴風雪等狀況必須到「五號村」避難時做準備。

唉，即使好像待在大樹迷宮生活也沒問題，不需要特地移動到「五號村」，然而我想多做點防備。

話是這麼說，不過我之所以到「五號村」，是為了讓那些協助儲備糧食與燃料的商人們能夠來打聲招呼。

儘管儲備量已經多到不需要這麼做，緊急的時候還是要靠人脈，我希望和他們保持往來。

…………

保持往來，也就表示彼此認識。

這麼一來就得記住對方的名字和長相，也得知道人家做哪方面的生意。換句話說，這是記憶問題。

我的記憶力……應該算普通。而這些來訪的商人們，就像是要挑戰我這普通的記憶力一樣。

首先，人數很多，有三十五人。

再來是名字很像。能夠理解兄弟或親子各自經營店鋪，但店名都差不多是怎樣？某些人甚至親子同名，這是在整我吧？

還有，大家穿衣風格都是同一套。我做了什麼事讓大家這麼討厭嗎？旁邊的文官少女組聽到後表示否定。穿衣風格之所以一樣，好像是因為他們都去我誇讚過的服裝店訂製。

…………

我有誇讚過服裝店嗎？平常都穿座布團做的衣服，不記得自己有到服裝店露過臉耶。

就在我疑惑時，文官少女組們為我解答。

似乎是有商人稱讚我的衣服，我出於禮貌也誇讚對方的衣服。這麼一說，或許真有這麼回事。那是閒聊，不可能記得。

就連人家當時穿什麼我也不記得。喔，誇讚的就是眼前大家穿的這一套是吧。所以才會都是差不多的裝扮。

…………

商人會彼此分享情報？為了避免偷跑而互相合作？原來商人也會互助啊。

交情好不是壞事，但是否該警告他們別聯手控制商品價格比較好啊？

「五號村」沒有商人敢這麼做？

那就相信大家吧，畢竟一開始就懷疑人家也不好。

與商人們的會面結束。這段時間我都小心翼翼，避免漏掉混在閒聊裡的重點。

我詢問身旁的文官少女組們自己的應對有沒有問題。儘管她們都說沒問題，自己依舊再三確認。

最近就算我犯錯，她們也不會訂正，甚至有將那些錯誤當成正確的傾向。是不是受到琳夏影響啊？

所以，不能大意。

啊，果然還是有幾處對吧。我老實地聽她們講，然後反省。還有，除了穿著打扮的部分之外，也要注意發言。

見過商人們後，就是去觀摩山腳的比賽。

…………

「大樹村」的馬——我常騎的貝爾福德有上場，但是根本沒辦法比賽。因為不知道為什麼，其他的馬都不肯跑到貝爾福德前面。貝爾福德看起來也覺得很無聊，難得牠特地練習了嘛。

除此之外的比賽，倒是相當熱鬧。

由於還開了賭盤，所以常聽到歡喜的吼叫與悲傷的吶喊。意外的是，常聽到不遠處的普拉妲發出喜悅的吼叫，好像賺了不少。原本還很佩服，結果她在最後一場把所有錢押下去，然後發出悲傷的吶喊。

原來如此。好像明白普拉妲是個怎樣的人了。

普拉妲為我介紹了一批人，拍賣會時襲擊我的盜賊團。

盜賊團的殘黨好像也來到「五號村」，然後全都遭到逮捕。

結果，這個超過一百人的盜賊團被罰強制勞動。他們大致上分成兩個集團。

一個是冒險者集團。

他們要到「五號村」周邊的森林清理魔物和魔獸，將討伐報酬的一部分上繳，當成罰金。

另一個是勞工集團。

在「五號村」的建設業與餐飲業就職，將酬勞的一部分上繳，當成罰金。

無論哪一種，都不是睡在牢房裡，而是借用幾間便宜的屋子過團體生活。考慮到那些建築的租金與生活費，他們的罰金好像得繳上差不多五年。

這算重罰……嗎？相當自由耶，吃飯也很自由。

「與其勉強他們做不適合的工作，不如讓他們做適合的，效率會比較好。這是陽子大人說的。」

原來如此。

話是這麼說沒錯，但總覺得失去了處罰的意義……算啦，這部分就交給陽子，自己不多嘴。盜賊團再次賠罪，我接受了。

啊，普拉姐負責管理他們是嗎？那就好好做吧。

「五號村」的夜晚。

優莉在舞台上唱歌，現場氣氛相當熱烈。

因為她穿著類似偶像那樣的服裝，唱著類似偶像歌曲的歌嗎？或者是因為後面的樂團演奏精湛？

想到這裡，我看向樂團，發現就是拍賣會時打過招呼的那群貴族千金。樂器有魯特琴、豎琴、太鼓與橫笛，相當賣力呢。嗯～太鼓好像弱了點。

怪了？記得那群貴族千金有五個人……還有一個在哪裡？待在舞台邊緣啊。觀摩嗎？

詢問文官少女組之後，才曉得那些擔任樂團的貴族千金，似乎都出身於以音樂維生的家族。

也就是靠技藝出人頭地的那一類。

原本是平民，但是技藝受到認可，並且與貴族有了交流，最後甚至成為貴族。

這種貴族不會獲賜領地，而是看王室賜給他們的爵位，領取對應的年俸過活。當然，只仰賴年俸沒辦法養活全族，還要靠個人演奏會或者擔任音樂家庭教師賺錢。

樂團裡的四人，好像都是知名家庭教師的妹妹或女兒。

…………

換句話說，缺少實績？可是看剛剛的樂團表演，她們實力都不差啊？

「受教方也有自尊心，如果教師太年輕就……」

原來如此，能夠理解。

所以是優莉找到這種人，邀她們組樂團？既然如此…………舞台邊緣那位是？

「她會使用將聲音放大的魔法。」

…………

我都沒注意到。

這麼一說才發現，歌聲和音樂都聽得一清二楚。把人家當成來觀摩的，實在太失禮了。

優莉唱完六首歌，大受好評，真是不簡單。

她走來打招呼，我對她的演出表示讚嘆。

但是優莉顯得很不滿。哪邊失敗了嗎？沒有。

原因是觀眾們對現在在台上的人的歡呼聲。

對方單單站上舞台，現場氣氛就比優莉唱歌時更為熱烈。

登台者的名字叫五君，是「五號村」引以為傲的吉祥物。

「我還是無法接受自己居然輸給那種東西……」

10 大長老

村裡迴盪著「咚、咚！」的巨響，這是天使族帶來的俯衝轟炸。

用和往常一樣的準頭，讓小黑牠們的角命中瞄準的位置。庫德兒與可羅涅明明因為懷孕而有段時間沒辦法動，卻讓人感覺不到她們有過空窗期。真是精彩。

但是差不多該結束了吧？妳們擲的數量已經超過預定了耶？手裡那把就是最後一發喔。

我離開轟炸現場，回到宅邸。

出來迎接我的，是數天前才來到村裡的天使族，名字叫瑞吉蕾芙。外表雖然和蒂雅她們相去不遠，但好像是天使族的大長老。

這位大長老是自己來的。

一開始出現在「一號村」上空。

她似乎在那邊表現得太好戰，於是先被「一號村」的居民們用雷魔法轟了個出其不意，又讓座布團的孩子們用絲線扯到地上，然後遭到小黑的子孫們痛打一頓。

在那之後，半人馬族的定期貨運將她送到「大樹村」，傷勢相當重，嚇得我們趕緊治療。

治療時，蒂雅和格蘭瑪莉亞給了個忠告，說將她完全治好會很危險，因此我十分提防，然而沒這個必要。瑞吉蕾芙表現得十分友善，而且謙和有禮。不知道蒂雅和格蘭瑪莉亞在擔心什麼。

庫德兒、可羅涅、蘇爾琉、蘇爾蔻、琪亞比特，以及菈茲瑪莉亞，全都和蒂雅一樣提防，難道這位大長老很討人厭？大家同屬一族，希望她們好好相處。

不過，將蒂雅她們的話統整之後，我才曉得這位大長老瑞吉蕾芙是連暗殺也行的武鬥派。瑞吉蕾芙很重視天使族昔日的思想與教誨，也因為瑪爾比特等人不再自稱神人族而反對瑪爾比特的方針。對於天使族逐漸移居到「大樹村」的現狀，她似乎是最為排斥的那一個。將世界樹拿來「大樹村」一事，更讓她相當不滿。

原來如此，能理解為什麼大家要提防。

不僅如此，她好像還是天使族裡不能惹排行榜的第二名。即使很少發怒，但一發怒就不知道會做出什麼事。凡是認定為敵人的對象，都會澈底擊潰。以上是別人對她的評價。

不過，她在「大樹村」什麼都沒做，也為在「一號村」表現出的好戰態度道歉了。我沒打算處置瑞吉蕾芙，希望她能和其他天使族一樣生活。

不過嘛，既然要長期居留，最好還是能參與勞動啦。會做飯啊？那就麻煩囉。

啊，順帶一問，不能惹排行榜的第一名是？蒂雅？蒂雅？這樣啊？喔～

蒂雅顯得很不好意思。

就這樣數天過去，到了今天……還是沒什麼可疑的樣子。

蒂雅和格蘭瑪莉亞不讓瑞吉蕾芙接近孩子，但是瑞吉蕾芙看上去倒是不太介意。她只是待在宅邸裡等待命令。

這也讓人有點困擾……不過沒惹出問題。所以我也正常接待她。

啊，瑪爾比特她們好像差不多該來村裡了。又要變熱鬧了呢。

我的名字叫瑞吉蕾芙，天使族的長老之一。

但是不太喜歡人家喊我長老。我雖然有活得比人家久的自覺，卻還是未婚女姓。希望她們稱呼我為姊姊。

好啦，我醒了。

和字面上一樣，是從沉睡中甦醒。最近睡眠時間有點長，睡覺都是用年算的。

長壽種族或不老種族活久了就難以避免。

睡眠時間會漸漸變長，最後終於一睡不起。儘管沒死，卻和死了沒兩樣。原因不清楚。有人說，大概是因為活太久欠缺刺激。實際上也像是要證明這句話一樣，一旦發生什麼事件，我就不會睡太久。晚上睡著，可以在隔天早上醒來。如果事件一直持續下去就好了——雖然這樣也是個問題。

瑪爾比特取得族長寶座，改變了天使族的生活方式，但我只撐了五天就再度陷入長眠。原本以為自己很重視自古傳承下來的天使族生活方式，其實並非如此嗎？還是說，純粹是因為怒氣無法持久呢？

無論如何，我的睡眠時間還是很漫長。

某天，聽說世界樹的樹苗被移動到別的地方。

普通的睡眠持續了大約十天。

聽說天使族孩子被盯上，因此大家攻擊了人類國家的事。

她們似乎把那個國家滅了。我也想參加。

每次醒來都會聽到有關「大樹村」這個地方的話題。

也聽到了諸如「要搬去那裡」之類會讓自己不高興的話題。但是令人在意。

不過，反正我多半又要睡很久。所以沒採取行動。雖然在意，卻沒有行動。因為一切都無所謂。

我醒了，很正常地醒來，沒有睡很久。

這是第幾天？儘管沒特別去數，自己上次醒來是夏天之前，現在是秋天。

有點感動，接著使命感湧上心頭。

這不就是神的旨意要我想辦法處理「大樹村」嗎？要不然，我沒理由醒過來。沒錯，絕對不會錯。

同時，也要給明顯已經墮落的族人來個當頭棒喝，對吧？要我讓她們見識一下昔日的生活方式。

自己從只是沉眠的日子裡醒來了，一定是這樣。我意氣風發地飛出去。

然後被痛打一頓。

這裡是什麼地方啊？地獄嗎？居然搬來這種地方，族人們是瘋了嗎？

我起先這樣想，然而並非如此。自己被痛扁的地方，叫做「一號村」。

接著被載貨馬車送到「大樹村」。在那裡，我看見了。

直入雲霄的巨大世界樹，黃金蠶鎮守的世界樹，往昔的景色。

曾和如今已滅亡的神明後裔一同目睹的景色。和已逝姊姊們一同目睹的景色。沒想到，居然還有再次看見的一天。

咦？是用世界樹葉治療我的？太浪費了！這點程度的小傷，放著不管就會好！不行不行不行！

硬是被人家治好了。不甘心。

但是，我感受到世界樹葉子的溫暖。好幸福。

啊，不行不行。不能因為這點程度就被打動。我要讓墮落的族人，見識往昔的生活方式。

…………

不過，突然就動手打人也不好。

仔細觀察吧。只是要仔細觀察而已，可不可以別監視啊？我可沒好戰到想和一群地獄狼交手。

還有，在我背後的應該是惡魔蜘蛛……應該說不法惡魔蜘蛛吧。

…………

哪能和牠們為敵啊！會滅族啦！

那個面對成群地獄狼和不法惡魔蜘蛛也沒有絲毫退縮的村長。他就是我該仔細觀察的人物。

…………

我感受到神的氣息。

雖然有感受到，但也能從屋子裡的貓身上感受到。我的感覺出問題了？畢竟睡很久了嘛，有可能。

假如無視這一點，他就只是個村民，而且很弱小。

要是我有意，應該一招就能殺掉他吧？為什麼族裡有好幾個女孩嫁給他？不懂。既然不懂，就只能試探一下。想到這裡，我往村長踏出一步。

自己的胸口瞬間被長槍貫穿。

……是幻覺。

然而，只要再踏出一步，這道幻覺就會成為現實。自己被迫認清這點。周圍沒有別人，只有離我幾步遠的村長。村長手裡沒有長槍。那柄長槍是從哪裡冒出來的？搞不懂。雖然不懂，但我很清楚，一旦自己懷著惡意行動就會被殺。

然後，我知道誰能做到這種事。

神。

啊，原來如此。不是族人墮落。她們只是回歸了古老的生活方式而已。遠在我誕生之前的古老生活方式——侍奉神。

明白這點，對我來說已經綽綽有餘。自己也會遵從這樣的生活方式。

我向來到「大樹村」的瑪爾比特、琳夏與蘇爾蘿一行人打招呼，她們卻嚷嚷著我變了個人。

真沒禮貌。

村長，我的頭沒有撞到，不需要世界樹的葉子。

許久沒來的始祖先生，一見到瑞吉蕾芙就壓低重心把雙手舉到面前擺出架勢。像個柔道家……不，像個摔角選手一樣。

相對地，瑞吉蕾芙則是側身以右肩對著始祖先生。雖然手裡沒拿劍，不過感覺很像擊劍架勢？

無論如何，我用「你們要是吵起來就麻煩啦」的眼神看向他們，結果他們自然而然地解除架勢，還以僵硬的動作握手。兩人達成什麼共識了嗎？還有，你們認識啊？啊，果然認識。喔，以前廝殺過很多次。嘿……真聳動。別在這裡打起來喔。沒問題？以後都不會再敵對了？那就好。

順帶一提，瑞吉蕾芙見到古吉和陽子時也有同樣反應，看來活得久熟人就多。

始祖先生一個人來，芙修好像還在忙。

要回去時，我會拿村裡採的水果給你，就當成土產吧。

始祖先生逗了一會兒露普米莉娜之後，就去參加德斯他們的宴會。嗯，宴會還沒結束。

先前因為武鬥會暫時中斷，不過武鬥會結束之後就繼續了。德萊姆和葛菈法倫被古吉叫回巢裡好幾次，其他人沒問題嗎？有安排可靠的人留守是吧。那我就放心了。

唉呀，反正夏收過後有多餘的食材，當成來幫忙消耗的就行了。反正他們多半會付錢。

在正式開始準備過冬之前，宴會應該都可以繼續。

不過，對於來幫忙準備宴會的居民，該給些特別的報酬才行。喔，獎勵牌當然也會發，放心。

除此之外還得有些別的報酬…………要我別在意？不不不，會想到要送什麼的，你們就收下吧。

在瑞吉蕾芙之後才抵達的瑪爾比特一行人，已經融入村裡的生活了。

每個人都認真工作。老實說，我嚇了一跳。還以為瑪爾比特會把準備過冬掛在嘴邊，然後把暖桌拖出來並窩進去。

因為瑞吉蕾芙在？瑪爾比特做什麼她都會有意見，所以拿她沒轍？原來如此。我懂妳們的心情，但不希望大家在這個村子裡處得那麼尷尬。

總而言之，由我來安排個機會，妳們好好談一談。談過很多次了？或許是這樣，不過這裡就看在我的面子上……

安排了一場只有天使族的酒會，結果看見瑞吉蕾芙和瑪爾比特搭肩共飲。

…………

怪了？她們不是感情不好嗎？算啦，相處融洽是好事……不過琳夏眉頭深鎖。沒事吧？為了兩個惹禍精組成搭檔而嘆息？

…………

我會努力的，琳夏妳也加油吧。

儘管是酒會，途中庫德兒和可羅涅帶著菈菈德兒和托珥瑪涅到場，引來一陣歡呼。雖然應該在酒會前就見過了，不過大家看來還是很開心。

還有，瑞吉蕾芙似乎能接近孩子了。她抱著菈菈德兒和托珥瑪涅，顯得感慨萬千。這個村子裡生了不少，但是以整個天使族來說新生兒依舊不多，因此更讓她高興。

倘若希望孩子增加，廢掉那道嚴苛的試煉比較好喔。想想看，當初琪亞比特也要我……咦？已經廢掉了？我都不知道。

要是結婚的人增加，孩子也會增加。我的孩子們也能交到更多同世代的朋友。好事一樁。

唉呀，菜不夠了，再拿點來吧。沒關係，我去端，妳們就好好享受吧。

庫德兒、可羅涅。妳們如果要參加酒會，先把菈菈德兒和托珥瑪涅交給鬼人族女僕喔。

好幾個鬼人族女僕，戰戰兢兢地看著瑞吉蕾芙抱菈菈德兒和托珥瑪涅。嗯，動作僵硬。鬼人族女僕過去把菈菈德兒和托珥瑪涅抱走，應該只是時間的問題吧。

哎呀，慢慢習慣就好。

我除了幫忙做菜之外，也會把料理端到天使族酒會的會場。

矮人們不知道什麼時候闖進來的，正在解說酒。還以為矮人們會待在龍一家那邊……喔，想多聽點感想是吧。我懂你的心情。

不過宴會持續這麼久，居然到現在都還有酒喝，真是不簡單。應該是矮人們平常努力的成果吧。

還不夠？希望能累積到就算宴會持續一整年也喝不完？志向遠大，但是宴會持續一整年也未免太誇張了。古時候那些神的後裔天天開宴會？真的？

回答我的不是矮人，而是瑞吉蕾芙。她說是真的。

不過，神的後裔似乎也不是成天舉辦宴會。

好像是為了留下紀錄而挑戰宴會能持續多少天，才產生這樣的傳說。留下紀錄或許是件好事，可是留下宴會能持續幾天要做什麼啊？當時流行留下這樣的紀錄啊？

喔～所以說，他們持續了幾天？一百零三天。

…………

雖然很厲害，然而龍族應該能夠輕鬆達成吧。喔，麻煩之處在於持續提供餐點和酒是吧。還有宴會表演。

按照宴會規定，好像每小時都要有不同的表演。這樣確實麻煩了。話說宴會的規定是什麼啊？喔，為了留下紀錄，必須規定宴會的形式啊？

參加者二十人以上，會場內保持意識清醒的隨時都要有五人以上。允許上廁所離席，但是睡覺要留在會場。餐點與酒都必須消耗一定的量，然後再加上剛剛那條每小時要有不同的表演？

…………

該怎麼講，我實在不覺得這種宴會有趣。

當時那些神的後裔，究竟是抱著怎樣的心情撐過一百零三天啊？難以想像。

算了，這裡的酒會應該持續不了一百零三天吧。希望能讓大家更親近。

隔天。

天使族的酒會結束了，瑪爾比特卻窩在暖桌裡，好像是為了準備過冬。

……………

我笑著沒收暖桌。讓開，不准抵抗。

Farming life
in another world.

Presented by Kinosuke Naito

Illustration by Yasumo

12

登場人物辭典

Characters
Isekai Nonbiri Nouka

●人類

【街尾火樂】

穿越者暨「大樹村」村長，在異世界努力從事過去夢想的農業。

【畢莉卡・溫埃普】

年紀輕輕就拜入劍聖門下。展現才華後，因為道場出了麻煩而成為道場主人。為了擁有與劍聖稱號相符的強大，正在修練劍術。

【娜西】

加特的太太，娜特的母親。

●地獄狼族

【小黑】

村內地獄狼的代表，也是狼群的首領。喜歡番茄。

【小雪】

小黑的伴侶。喜歡番茄、草莓與甘蔗。

【小黑一／小黑二／小黑三／小黑四　其他】

小黑跟小雪的孩子們，排行一直到小黑八。

【愛莉絲】

小黑一的伴侶，優雅恬靜。

【伊莉絲】

小黑二的伴侶，個性活潑。

【烏諾】

小黑三的伴侶，應該很強。

【耶莉絲】

小黑四的伴侶，喜歡洋蔥，性情凶暴？

【吹雪】

小黑四與耶莉絲的孩子，是變異種的冥界狼。全身雪白。

【正行】

小黑二與伊莉絲的孩子，有多位伴侶，是隻後宮狼。

●惡魔蜘蛛族

【座布團】

村內惡魔蜘蛛的代表，負責製作衣物，喜歡馬鈴薯。

【座布團的孩子】

座布團所生的後代，一部分會於春天離家旅行，剩下的留在座布團身邊。

【枕頭】

座布團的孩子，第一屆「大樹村」武鬥會的優勝者。

●諾斯底蜂種

【蜂】

村裡飼養的蜜蜂，與座布團的孩子維持共生（？）關係，為村子提供蜂蜜。

吸血鬼

【露露西．露】

村內吸血鬼的代表，別名「吸血公主」。擅長魔法，喜歡番茄。

【芙蘿拉．薩克多】

露的表妹。精通藥學，正在努力研究味噌與醬油。

【始祖大人】

露和芙蘿拉的爺爺。科林教的首領，人們稱他為「宗主」。

【阿爾弗雷德】

火樂與吸血鬼露的兒子。

【露普米莉娜】

火樂與吸血鬼露的女兒。

鬼人族

【安】

村內鬼人族的代表兼女僕長，負責管理村裡的家務。

【拉姆莉亞斯】

鬼人族女僕之一，主要負責照顧獸人族。

天使族

【蒂雅】

村內天使族的代表，別名「殲滅天使」。擅長魔法，喜歡黃瓜。

【格蘭瑪莉亞／庫德兒／可羅涅】

蒂雅的部下，以「撲殺天使」的稱號聞名。不時要負責抱著村長移動。

【琪亞比特】

天使族族長的女兒。

【蘇爾琉／蘇爾蔻】

雙胞胎天使。

【瑪爾比特】

琪亞比特的母親。天使族族長。

【琳夏】

蒂雅的母親。

【蒂潔爾】

火樂與天使族蒂雅的女兒。

【奧蘿拉】

火樂與天使族蒂雅的女兒。

【蘇爾蘿】

蘇爾琉與蘇爾蔻的母親。

蜥蜴人

【達尬】

村內蜥蜴人的代表，右臂纏有布巾，力氣很大。

【娜芙】

蜥蜴人之一。主要負責照顧二號村的半人牛族。

◉高等精靈

【莉亞】
村內高等精靈的代表，以旅行兩百年所培養出的知識，負責村子的建築工作（？）。

【莉格涅】
莉亞的母親。相當強。

【莉絲／莉莉／莉芙／莉柯特／莉婕／莉塔】
莉亞的血親。

【菈法／菈莎／菈菈薩／菈露／菈米】
跟莉亞她們會合的高等精靈。

◉加爾加魯德魔王國

【魔王加爾加魯德】
魔王。照理說應該很強才對。

【比傑爾・克萊姆・克洛姆】
魔王國四天王之一，負責外交工作，封伯爵。勞碌命。傳送魔法使用者。

【葛拉茲・布里多爾】
魔王國四天王之一，負責軍事工作，封侯爵。雖是軍略天才卻喜歡上前線。種族是半人牛。

【芙勞蕾姆・克洛姆】
村內魔族暨文官少女組的代表。暱稱「芙勞」，是比傑爾的女兒。

【優莉】
魔王之女。擁有未經世事的一面，曾在村子住過幾個月。

【文官少女組】
優莉跟芙勞的同學兼朋友。在村裡擔任芙勞的部下非常活躍。

【菈夏希・德洛瓦】
文官少女組之一，伯爵家的千金。主要負責照顧三號村的半人馬族。

【荷・雷格】
魔王國四天王，負責財務工作。暱稱「荷」。

【安妮・羅修爾】
魔王之妻。貴族學園的學園長。

【阿蕾夏】
以商人名額進入貴族學園就讀。畢業後，擔任學園的職員。

【安德麗】
普加爾伯爵的七女。在貴族學園結識戈爾他們。

【琪莉莎娜】
格里奇伯爵的五女。在貴族學園結識戈爾他們。

◉龍

【德萊姆】
在南方山脈築巢的龍，別名為「守門龍」。喜歡蘋果。

【葛菈法倫】德萊姆的夫人，別名「白龍公主」。

【拉絲蒂絲姆】村內龍族代表，別名「狂龍」。是德萊姆和葛菈法倫的女兒。喜歡柿餅。

【德斯】德萊姆等人的父親，別名「龍王」。

【萊美蓮】德萊姆等人的母親，別名「颱風龍」。

【哈克蓮】德萊姆姊姊（長女），別名「真龍」。

【絲依蓮】德萊姆姊姊（次女），別名「魔龍」。

【馬克斯貝爾加克】絲依蓮的丈夫，別名「惡龍」。

【海賽兒娜可】絲依蓮和馬克斯貝爾加克的女兒，別名「暴龍」。

【賽琪蓮】德萊姆的妹妹（三女），別名「火焰龍」。

【德麥姆】德萊姆的弟弟。

【廓恩】德麥姆的妻子。父親是萊美蓮的弟弟。

【廓倫】賽琪蓮的丈夫。廓恩的弟弟。

【古拉兒】暗黑龍基拉爾的女兒。

【火一郎】火樂與哈克蓮的兒子。人類與龍族的混血。

【基拉爾】暗黑龍。

【古隆蒂】多（八）頭龍。基拉爾的太太。古拉兒的母親。

NEW **【梅托菈】**混代龍族。負責照料在學園生活的孩子們。別名「丹妲基」。

NEW **【托席菈】**混代龍族。在萊美蓮底下工作。梅托菈的妹妹。

●古惡魔族

【古吉】德萊姆的隨從，也是相當於智囊的存在。

【布兒佳／史蒂芬諾】古吉的部下，現在擔任拉絲蒂絲姆的傭人。

NEW **【普拉妲】**在德萊姆巢穴工作的惡魔族女僕之一。嗜好是蒐集藝術品。

●惡魔族

【庫茲汀】四號村的代表。村內惡魔族的代表。

◉獸人族

【格魯夫】
從好林村移居至大樹村的戰士。負責擔任村長的護衛。

【賽娜】
村內獸人族的代表，從好林村移居至大樹村。

【瑪姆】
獸人族移民之一。主要負責照顧樹精靈族。

【戈爾】
幼年時移居至大樹村的三個男孩之一。個性認真。

【席爾】
幼年時移居至大樹村的三個男孩之一。容易衝動。

【布隆】
幼年時移居至大樹村的三個男孩之一。做事可靠。

【加特】
好林村村長的兒子，賽娜的哥哥。村裡的鍛冶師。

【娜特】
加特和娜西的女兒。生而為父方種族獸人族。

◉長老矮人

【多諾邦】
村內矮人的代表。最早來到村裡的矮人，也是釀酒專家。

【威爾科克斯／庫洛斯】
繼多諾邦之後來到村子的矮人，也是釀酒專家。

◉夏沙多市鎮

【麥可・戈隆】
人類。夏沙多市鎮的商人，戈隆商會的會長。極其正常的普通人。

【馬龍】
麥可先生的兒子。下任會長。

【提特】
馬龍的堂弟，戈隆商會的會計。

【蘭迪】
馬龍的堂弟。戈隆商會的採購。

【米爾弗德】
戈隆商會的戰鬥隊長。

◉山精靈

【芽】
村內山精靈的代表，是高等精靈的亞種（？）。擅長建築土木工程。

◉半人蛇

【裘妮雅】
南方迷宮統治者。下半身為蛇的種族。

【絲涅雅】
南方迷宮的戰士長。

◉半人牛

【哥頓】
村內半人牛族的代表，是身軀龐大而且頭上長牛角的種族。

【蘿娜娜】
派駐員。魔王國四天王之一的葛拉茲為她著迷。

◉半人馬

【古露瓦爾德・拉比・柯爾】
村內半人馬族的代表。是一種下半身為馬的種族，腳程飛快。

【芙卡・波羅】
雖是男爵，卻是個小女孩。

◉樹精靈

【依葛】
村內樹精靈族的代表。是一種能變成樹椿和人類模樣的種族。

◉大英雄

【烏爾布拉莎】
暱稱「烏爾莎」，原為死靈王。

◉巨人族

【烏歐】
渾身長滿毛的巨人。性情溫厚。

◉墨丘利種（人工生命體）

【葛沃・佛格馬】
太陽城城主輔佐。初老。

【貝爾・佛格馬】
種族代表。太陽城首席城主輔佐。女僕。

【阿薩・佛格馬】
太陽城城主的專屬管家。

【芙塔・佛格馬】
太陽城的領航長。

【米優・佛格馬】
太陽城的會計長。

◉九尾狐

【陽子】
活了數百年的大妖狐。據說戰鬥力與龍族相當。

【一重】
陽子的女兒。已經誕生百年以上，不過還很幼小。

◉妖精

【妖精】

有翅膀的光球（乒乓球大小）。喜歡甜食。村裡約有五十隻。

【人型妖精】

嬌小的人型妖精。村裡約有十人。

【妖精女王】

人類樣貌的妖精女王。成年女性，高個子。人類小孩的守護者，在人界受到許多人尊崇。但龍不擅長應付妖精女王。

◉不死鳥

【艾基斯】

圓滾滾的雛鳥。跑步比飛行快。

◉蛇神族

【妮姿】

修得人身的蛇。同時也是蛇神的使徒，能夠和蛇對話。

◉其他

【史萊姆】

在村子裡的數量與種類日益增加。

【牛】

分泌牛奶，不過牛奶產量不像原世界的牛那麼多。

【雞】

提供雞蛋，不過雞蛋產量不像原世界的雞那麼多。

【山羊】

分泌山羊奶。一開始性格狂野，但後來變乖了。

【馬】

為了讓村長移動用而購買的。對古露瓦爾德抱持競爭意識。

【酒史萊姆】

村內的療癒代表。

【死靈騎士】

身穿鎧甲的骷髏，帶著一把好劍。劍術高手。

【土人偶】

烏爾莎的隨從。總是努力打掃烏爾莎的房間。

【貓】

火樂撿回來的貓。充滿謎團的存在。

Farming life
in another world.
Presented by Kinosuke Naito
Illustrated by Yasumo

後記

你好，我是內藤騎之介。

最近，我對積木產生興趣。對，積木。可以組合、拼砌……對，小孩子玩的那種積木。

或許會有人輕視積木，認為那是給小孩子玩的，不過積木也有為年齡十六歲以上的人製作的。那種積木數量多、複雜，又有一堆專用零件，不禁讓人想質疑：「你這是塑膠模型吧。」

然而，積木就是積木。它有說明書，想做就做得出來。但是有個問題。

就是組完之後怎麼辦。

或許有人認為，既然是積木，組完之後拆掉就好，可是那種完成度讓人覺得拆掉很可惜。找個地方擺著當裝飾不就好了？這麼做需要空間。而且積木數量多，所以組完之後的尺寸很大。我在店裡見過完成的模樣所以知道，它大到沒辦法當成擺設。

…………

基於成年人的判斷，放棄購買積木。總不能為了積木搬家嘛。（何況也沒這種預算。）

放棄積木的此刻，我玩起了能在開放世界製作各種東西的遊戲。沒錯，這個製作的部分，和積木很像……對，這是種替代行為。

由於是替代，不至於沉迷。我會在不影響寫作的情況下找空檔玩。放心，寫作時間沒變。只是睡眠時間減少而已……等到這篇文章出現在各位眼前時，自己應該已經滿足了。想必是這樣。

好的，以上是近況。

接下來是後記主題。說是這麼說，在寫十二集原稿時……倒也沒什麼特別的事件。

早上起床、白天寫作、晚上睡覺。類似這種感覺，每天都過著規律的生活。

嗯，雖然發生過「遊戲玩到深夜所以白天都在睡覺」這種狀況，但是基本上應該算規律。嗯，不會錯。我的目標是作息正常。

畢竟住在公寓套房，要是脫離正常作息，會擔心開關門和上廁所沖水的聲音影響鄰居。儘管有點膽小，不過謹慎點不會吃虧。

我是這麼想的，結果公寓裡到處都貼著關於深夜噪音的告示。

…………希、希望原因不是我。

這次就到此為止，下集再見吧，再會囉。

啊，其實動畫化企畫（註：此為日本當時的出版狀況）已經在跑了！

內藤騎之介

作者 內藤騎之介

Kinosuke Naito

大家好，我是內藤騎之介。
一顆在情色遊戲農田裡收成的圓滾滾鄉下土包子。
過著有大量錯字漏字的人生。
還請多多指教。

插畫 やすも

Yasumo

有時玩遊戲，有時畫圖。
是一位插畫家。
希望自己能創作出更多元的題材。

異世界悠閒農家

12

妖精女王&
梅托菈的

下集預告間～聊

吾乃妖精女王，汝等當崇敬吾。

……妖精女王，您突然這樣是出了什麼事嗎？我是混代龍族梅托菈。

別在意，這是角色塑造的一環喔。

明白了，我不會放在心上。那麼來進行下集預告吧。

慢著慢著慢著，無視我也太過分了吧？

說是這麼說，但是要我別在意的不就是您嗎？

講是這樣講，不過這種時候該趁機調侃我吧？加把勁啦。

我知道了。呃……第一人稱一下用「吾」一下用「我」，

這也是角色塑造嗎？

只是看時間與場合改變而已，沒人一直用同樣的第一人稱吧？

是嗎？若是政治家或學者，應該都會統一用「我」呀？

他們私底下會用「老子」、「老夫」、「在下」之類的喔。

即將發售！

Next
Farming life
in another world.

嗯～漂亮的偏見，不愧是妖精女王。

哼哼哼，怎麼樣啊。啊，都在閒扯，結果下集預告要結束啦！

原來您有都在閒扯的自覺啊。

有啊。老實說，什麼第一人稱根本不重要。

別講什麼不重要。呃……下一集烏爾莎小姐的朋友會去村裡。

村裡是指「大樹村」？沒問題嗎？

應該會靠意志力撐過去吧。還有，村長會挑戰海岸迷宮。

挑戰迷宮？農業怎麼辦呀？

那就不清楚囉。請閱讀十三集親眼確認！

嗯，我倒覺得會和平常一樣就是了……下集也請多指教囉！

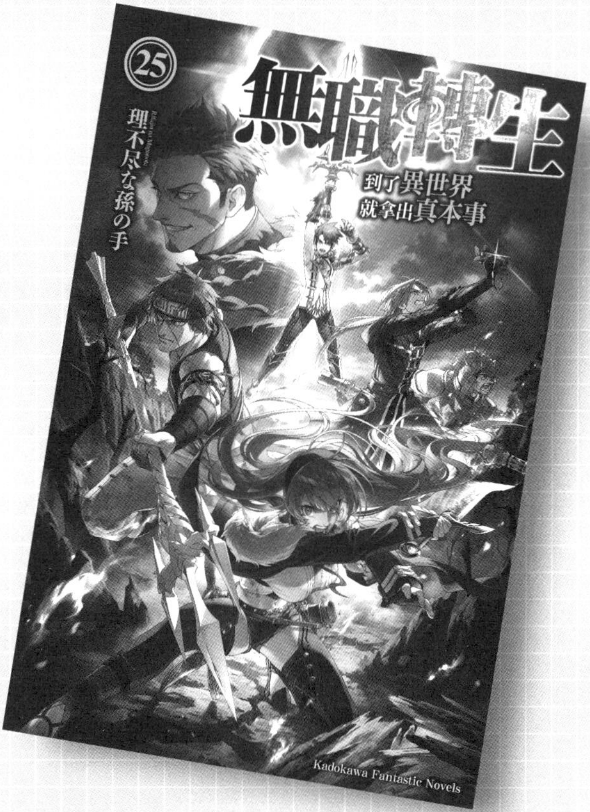

無職轉生~到了異世界就拿出真本事~ 1~25 待續

Kadokawa Fantastic Novels

作者：理不尽な孫の手　插畫：シロタカ

世界最強級別的戰力！
賭上魯迪烏斯等人命運的分歧點之戰！

各地的通訊石板與轉移魔法陣皆失去功能，魯迪烏斯與伙伴們集結在斯佩路德族的村子。狀況正如基斯所策劃，畢黑利爾王國的討伐隊逼近斯佩路德族的村子。而北神卡爾曼三世、前劍神加爾・法利昂及鬼神馬爾塔三人也隨著討伐隊一起出現——

各 **NT$250~270/HK$75~90**

菜鳥鍊金術師開店營業中 1~5 待續

Kadokawa Fantastic Novels

作者：いつきみずほ　插畫：ふーみ

採集家入冬停工導致店裡生意門可羅雀
此時卻有皇族貴賓登門委託!?

約克村的採集家們到了冬天會暫停工作，導致店裡生意門可羅雀。此時忽然有一位皇族貴賓登門拜訪。珊樂莎等人無法拒絕皇族的要求，只好前往危險的雪山採集需要的材料，卻遭到魔物攻擊！而且這場襲擊的幕後主使者竟是領主吾豔從男爵!?

各 NT$240~250/HK$80~83

Kadokawa
Fantastic
Novels

異世界悠閒農家 12

（原著名：異世界のんびり農家 12）

2023年6月21日　初版第1刷發行

作　　者：內藤騎之介
插　　畫：やすも
譯　　者：Seeker

發 行 人：岩崎剛人
總 編 輯：蔡佩芬
編　　輯：楊芫青
美術設計：莊捷寧
印　　務：李明修（主任）、張加恩（主任）、張凱棋

發 行 所：台灣角川股份有限公司
地　　址：104台北市中山區松江路223號3樓
電　　話：（02）2515-3000
傳　　真：（02）2515-0033
網　　址：www.kadokawa.com.tw
劃撥帳戶：台灣角川股份有限公司
劃撥帳號：19487412
法律顧問：有澤法律事務所
製　　版：巨茂科技印刷有限公司
ＩＳＢＮ：978-626-352-595-5

...arming life
...other

Presented by Kinosuke Naito
Illustration by Yo...